集英社オレンジ文庫

それは春に散りゆく恋だった

東堂　燦

本書は書き下ろしです。

Contents

イラスト／わみず

それは春に散りゆく恋だった
Sore ha haru ni chiriyuku koi datta

序幕　永遠に来ない、春のこと

彼の葬式に参列したのは、十三回目になる。

葬儀場の棺《ひつぎ》には、人形のように美しい男が納められている。つくりものめいた美貌《びぼう》は、今も昔も変わらなかった。

三つ年上の幼馴染《おさななじみ》。

彼が町を出て、東京で働きはじめてからは疎遠《そえん》になったが、子どもの頃は兄妹のように育てられた。

『ねえ、深月《みづき》』

砂糖菓子のように甘ったるい声に、名前を呼ばれた気がした。幼馴染の声だった。死んでしまった彼には、もう深月の名を呼ぶことはできないはずなのに。

棺に手を伸ばして、冷たくなった男の頰《ほお》に触れる。

鮮やかな花々に囲まれた男は、轢《ひ》き逃げに遭《あ》ったとは思えぬほど、安らかな顔をしている。まるで眠っているかのようだ。

その死に顔を見るのは、今日が初めてではなかった。

喪服《もふく》の袖《そで》に隠したデジタル時計が、三月三十一日を指し示す。本来であれば、明日からは四月となり、待ち望んだ春が来る。

けれども、深月は知っている。自分は春を迎えることができない、と。

『約束。ずっと、俺のこと見ていて』

声がする。幻聴と知りながらも振り払うことができないのは、明日になれば、また同じ声を聴くと知っているからだ。

きっと、また深月は繰り返すだろう。

三月の終わりになると、必ずこの男は死んでしまう。そうして、時間は一か月ほど巻き戻ってしまうのだ。

目を瞑《つむ》れば、死にゆく男の顔がよみがえる。いつだって、彼は満ち足りた顔で逝《ゆ》く。薄《うす》紅《べに》の花咲く季節を知らず、息絶えてしまう。

それは永遠に来ない、春のことだった。

第一幕

疎遠になっていた幼馴染が死んだ。

三月二十九日。春になれば桜一色となる町にも、まだ雪の残る夜のことだった。

唯一誇れることは、桜が美しいことだけ。

そんな長閑《のどか》な町は、深夜になると静けさに包まれた。誰もいないバス停で、橘《たちばな》深月《みづき》はかじかむ指に息を吹きかける。

年度末の繁忙期《はんぼうき》のため、思いのほか残業が長引いてしまった。

（嫌だな。終バスが来るまで、三十分以上もある）

深月は憂鬱《ゆううつ》になって、ベンチ横の時刻表から目を逸《そ》らした。視線は、その隣に貼られたポスターに移る。

化粧品《けしようひん》の広告ポスターだ。深月と同年代、二十代半ばの女優の唇に、男が親指でルージユを刷《は》く。

毎日のように見ているポスターは、夜のせいか、いつもより艶《つや》っぽく感じられた。伏し目がちな美しい女に、赤いルージュ。主役はそちらであるのに、深月が釘付けになったのは、ルージュを刷く男の方だった。

民放ドラマや映画、舞台などで見かける彼は、人気絶頂とまではいかなくとも、誰もが一度は見たことがあるような俳優だ。キッズモデルから、メンズ雑誌の専属モデルとなり、そこから俳優活動にも力をいれるようになった男を、深月はよく知っていた。

「悠《はるか》」

七瀬《ななせ》悠は、三つ年上の幼馴染だ。

これといった特産品も産業もなく、ただ桜ばかりが美しい町で、家族のように生まれ育った男だった。

尤《もっと》も、仲良くしていたのは昔の話だ。今となっては、深月とは縁遠い華やかな世界を生きている人だ。

「呼んだ?」

はっとして、深月は振り返った。

しんしんと降る雪のなか、ビニール傘を差した男がいた。

飾り気のない黒のニットに、同色のダッフルコートを羽織《はお》っている。足元も真っ黒なブーツで固めているせいか、まるで夜に溶け込むようだ。

不審者にしか見えない黒一色の恰好《かっこう》が様になるのは、おそらく職業柄だろう。細身で背が高く、はっとするほど手足が長い。

深月はゆっくりと瞬きをした。ひどく現実感のない光景だ。

「……帰ってきたの？」

テレビドラマ、映画、雑誌、あらゆる媒体《ばいたい》で、彼の活躍は知っている。幼馴染というより、ひとりのファンとして応援していた。

ただ、最後に面と向かって話したのは、十年近く前のことだった。

「三月の頭には、もう町に帰っていたよ」

「そんな前から？」

深月は目を丸くした。帰省《きせい》してから、すでに一か月近く経っているらしい。

悠と深月は、道路を挟んで真向かいの家で育った。周りに他の家々はなく、ぽつり、と二軒しか建っていないので、近所は互いの家しかない。

その距離にありながら、彼の帰省に気づかなかったことが不思議だった。

「晶子《しょうこ》さんには、帰るって伝えていたんだけど。聞いてなかった？」

「お母さん？　何も言ってなかったけれど」

深月の知らないうちに、連絡を取っていたらしい。連絡先も分からなくなった深月と違って、二人は今も仲が良かった。

「晶子さんから、深月が残業だって教えてもらったんだ。心配だから迎えにきちゃった。こんな真っ暗なのに、一人だと危ないよ」

「……ごめん。お母さんに頼まれたんでしょう、過保護だから」

「違うよ、俺が我儘《わがまま》を言っただけ。深月に会いたかったんだ」

わたしは会いたくなかった。だから、十年近く、顔を合わせないようにしていた。

そんな言葉を呑《の》みこんで、深月は愛想笑いを浮かべた。

短大を卒業して、社会人四年目だ。

きっと、それなりに上手《うま》く笑えている。そう思いたかったが、俳優としても活躍する悠と比べたら、下手《へた》くそな笑みかもしれない。

黙り込んでしまった深月に、悠は言い訳するように続けた。

「ええと、ごめんね？　迎えにきたくせに車じゃなくて。仕事が忙しくて、免許の更新忘れちゃったんだよね。都内だと、車なくても困らないから。……最終バスまで時間あるし、今日は一緒に歩かない？」

深月たちの実家は、町の北部にある。徒歩で三十分といったところなので、このままバスを待つより、歩いた方が早く帰宅できる。

むしろ、冬空のバス停で待つより、身体《からだ》も温まって良いかもしれない。

「一緒に帰ったら、迷惑かけない？」

「真っ暗だから、俺の顔なんて分からないって。もう、そういうネタで盛り上がる男でもないし」

「ああ。週刊誌の常連だもんね」

今さら飛ばし記事のひとつやふたつ出たところで、痛くも痒《かゆ》くもないのだ。

「うわっ、嫌なこと言うなあ。幼馴染の俺より、ああいうとこの記事を信じるわけ？」

悠の顔立ちは、可愛《かわい》いというより、綺麗《きれい》というべきだ。目や鼻、唇、どれをとっても精巧な人形のようだった。あまりにも整っているので、立っているだけだと、冷たく近寄りがたい印象を受けるくらいだ。

だが、ひとたび話しはじめると、がらりと雰囲気《ふんいき》が変わる。

まぶしいくらいの笑顔が似合う、明るく、人懐こい好青年。話し方や仕草に、仔犬みたいな愛らしさがあって、誰からも可愛がられる。大人しそうな外見とのギャップも、プラスにしか働かない。

そんな彼の欠点は、週刊誌で取りあげられる程度には、色恋沙汰《ざた》に事欠かないことだ。

悠が東京に出てから、十年近くの期間を思い出す。

未成年の頃は、売り出し中のアイドルグループにいた美少女。成人してからは同年代、年上の美しい女優やモデル。

いつだって、悠の隣には華やかな女性の影があった。

どの女性も、平凡に暮らす深月では、とうてい敵《かな》わぬ人たちだ。比べることも烏滸《おこ》がましい。

「週刊誌の悠って、なんだか知らない人みたいだった」

「ええ？　それは、さすがに傷つく。……でも、そっか。ずっと俺のこと見てくれてたんだね。週刊誌まで、チェックするくらいには」

悠は足を止めて、こちらの顔を覗《のぞ》き込んでくる。

居た堪れなくて、深月はマフラーに口元を埋めた。

「そういう、約束だったから」

子どもの頃、ふたりで交わした約束だ。大人になった今も、あのときの悠の声を忘れることができない。

――約束。ずっと、俺のこと見ていて。

そう言って、悠は泣きながら指切りをねだった。あのときから、深月はずっと彼のことを見つめている。

「嬉しいな。今も守ってくれてるんだ？　あんな約束」

半歩ほど離れていた距離が、急に詰められる。

深月の左手に、骨ばった指先が触れる。まるで指切りするように、ふたりの小指が絡みあったとき、鼓動を跳ねさせたのは、きっと深月だけだった。

「ちっちゃい手だなあ、子どもの頃と同じ。あの頃みたいに、手でも繋《つな》いで帰る？」

下心など微塵《みじん》も感じられない声だった。そのことが、逆に残酷《ざんこく》だった。悠にとっての深月は、今も昔も小さな女の子で、妹みたいな幼馴染のままなのだ。

「良い歳《とし》した大人が何を言っているの？　ぜったい、嫌」

「そう？　残念」

言葉とは裏腹に、呆気《あっけ》ないほど簡単に小指が離れてゆく。名残《なごり》惜しいような、ほっとするような気持ちになって、深月は唇を噛《か》む。

歩道の二人を追い越すよう、時折、車が走り抜ける。

深月が何か言ったわけでもないのに、悠は自然と車道側を歩く。

（あいかわらず、過保護なんだから）

昔から、必ず車道側を歩く人だった。歩くときに限った話でない。どんなときも、深月を危険な目に遭《あ》わせないよう配慮《はいりよ》する。

その度《たび》に、深月は迷子になった子どものように、途方に暮れてしまう。

悠の気持ちが、ただの兄心と知っているからだ。血の繋がりはなくとも、家族のように育った仲だから気にかけてくれる。

「ねえ、悠。どうして、こんな時期に帰ってきたの？」

悠が帰省するのは、盆と正月だけだった。一度たりとも、三月のような中途半端な時期に帰ってくることはなかった。

悠は唇を吊りあげて、ひどく幸せそうに笑った。

「深月に、会いたかったから」

悠が答えた、そのときのことだった。

背後から、音もなく忍び寄っていた車があった。ライトもつけず徐行していた車は、突如、深月たちの近くで急加速した。

タイヤが擦れる音が、夜の静寂を切り裂く。

加速した鉄の塊《かたまり》が、歩道に突っ込んでくるのは一瞬だった。

突然の凶行に頭がついていかない。時間が止まったかのような錯覚《さつかく》がした。

迫りくる車に気づいていたのか、あるいは気づかないまま直感的に判断したのか。悠は手を振りあげて、深月の肩を突き飛ばした。

悲鳴をあげることすら、できなかった。

歩道に取り残された悠は、そのまま車に撥《は》ねられる。しなやかな長身痩躯《ちょうしんそうく》が、玩具《おもちゃ》のように撥ね飛ばされた。

雪が押し潰され、硬くなってしまった路面に、悠の身体が叩きつけられる。

倒れた悠に止《とど》めを刺すよう、アクセルを吹かす音がした。雪用のチェーンを巻いたタイヤが回って、大きな車体が悠の身体を呑み込む。

真っ白な雪に、花火のように赤い血が弾けた。

悠を轢《ひ》いた車は、何事もなかったかのように夜道を走り去ってゆく。

「はる、か?」

這《は》うように、幼馴染《おさななじみ》のもとに向かった。血だらけの身体と違って、その顔は不思議なほど綺麗なままだった。

痛みのせいか、あるいは別の理由か。まなじりから血の混じった涙を流して、悠は満足したように笑っていた。

「ありがと。約束、守ってくれて」

――ずっと、俺のこと見てくれて。

最後の力を振り絞《しぼ》るよう、悠は囁《ささや》いた。そうして、糸の切れた操り人形のように、動かなくなってしまった。

深月の幼馴染は、瞬きのうちに此《こ》の世《よ》を去った。


それが、二日前のことだった。


小さな葬儀場に、焼香のにおいが漂っている。

「深月ちゃん。良かったら、お別れしてあげて」

喪服《もふく》の袖《そで》を握りしめていた深月は、ゆっくり顔をあげる。

悠の母親である智里《ちさと》が、棺《ひつぎ》の前で手招きをしていた。

真っ赤に充血した目が、ひとり息子を亡くした悲しみを物語る。頼れる親戚《しんせき》もなく、彼女はシングルマザーとして、立派に悠のことを育てあげた。

彼女にとって、悠は血の繋がった唯一の家族で、大切な宝物だった。

「お別れ？」

言葉の意味は分かるが、うまく理解することができない。ガラス一枚隔《へだ》てたように、すべてが遠く感じられる。

「ええ。焼骨《しょうこつ》の前に、顔を見てあげてほしいの」

悠の所属する事務所は、葬儀が終わるまで、悠の死を公表しないという。騒がれることなく、ひっそり行われた告別式は、家族葬みたいなものだった。小さな会場に残っているのは、もう深月と智里だけだ。

祭壇《さいだん》の写真で、ぞっとするほど美しい男が微笑《ほほえ》んでいる。笑っているのに、胸を掻《か》きむしりたくなるような、何処《どこ》となく翳《かげ》のある写真だ。悠が、はじめて主演を務めた舞台のブロマイドだった。

《尾を喰らう蛇《ウロボロス》》

恋人の死を覆《くつがえ》すために奔走《ほんそう》し、やがて狂気に陥《おちい》った男の話だった。忘れることのできない、深月にとっても特別な舞台だ。

あの舞台にも、何度も葬儀の場面があったことを思い出す。

何もかも現実味がなかった。悠は、いつものように俳優として演技をしているだけだ。きっと、すぐに目を覚ましてくれる。そんな気がしてならなかった。

「びっくりするくらい、綺麗な顔でしょう？　お人形さんみたい」

智里に付き添われて、棺を覗き込んだ。凄惨《せいさん》な最期を迎えたというのに、不思議なほど安らかな死に顔だった。

「悠が綺麗なのは、いつものことだよ」

「そう思ってくれる？　親の贔屓目《ひいきめ》じゃなくて、本当、綺麗な子だった。あたしの自慢だったのよ。……この子、最期どんな顔をしていた？」

「笑っていたの。嘘じゃないよ」

あのとき、たしかに彼は微笑んでいた。満ち足りた顔をしていた。

「なら、きっと何の後悔《こうかい》もなく逝《い》ったのね。深月ちゃんが巻き込まれなくて良かった、と思ったのよ。あの子、あなたのことが一番大事だったから」

深月は首を横に振った。

疎遠《そえん》になった幼馴染。そんな女を迎えに来たせいで、悠は轢き逃げに遭った。深月のせいで死んだようなものだ。

「悠」

震える手を伸ばし、花を掻き分けて、その顔に触れる。

額を、瞼《まぶた》を、頬《ほお》を、口元を撫《な》でる度に、そこに温もりがないことに胸がつまった。人形のように熱のない身体は、ここに悠の魂がないことを突きつけてくる。

本当に、この男は死んでしまったのだ。

立っていられなくて、深月はその場に崩れ落ちた。声をあげて、小さな女の子のように泣きじゃくる。

「どうして。なんで、返事してくれないの？」

子どもの頃、名前を呼べば、いつだって振り向いてくれた。泣き虫だった深月の手を握って、抱きしめてくれたではないか。

「悠。……っ、ねえ」

頭では分かっている。深月は大人になってしまった。悠の隣にいた少女には、もう戻ることはできない。

永遠の眠りについた悠が、二度と目覚めることがないように。

「深月ちゃん。お願い、お別れしてあげて。いってらっしゃいって、笑ってほしいの。そうじゃないと、悠、何処にも行けない」

「何処にも、どこにもっ、行かなくて良い！　だって、わたし。わたし、まだ」

十年近く前、悠が町を出た日さえも、いってらっしゃい、と言ってあげることができなかった。そんな自分が、別れの言葉など口にできるはずもない。

「やだ。連れていかないでっ……、お願い」

棺にすがりつく深月を、智里がそっと引き離した。蓋《ふた》を被《かぶ》せられた棺が、霊柩車《れいきゅうしゃ》へと運ばれていく。

その後は、どうやって葬儀場を出たのかも分からない。気づいたら、喪服にコートを羽《は》織《お》って、当てもなく町をさまよっていた。

ふたり遊んだ公園、よく訪れた喫茶店《きっさてん》、手を繋いで歩いた桜並木。町の何処に行っても、悠と過ごした記憶がよみがえる。

仲の良い幼馴染であった頃の幻影が、頭のなかに次々と浮かんでは、泡《あわ》のように弾けてしまった。

「悠」

名前を呼べば振り向いてくれた男の子は、もう何処にもいない。

やがて夜になり、いつのまにか、深月は寂れた神社で立ち尽くしていた。

古びた鳥居はくすみ、お社《やしろ》は半壊、賽銭箱《さいせんばこ》は雪で埋もれている。打ち捨てられたような神社には、人が寄り付かず、もはや神社と呼んで良いかさえ分からない。

唯一、生きた気配がするのは、境内《けいだい》にある一本の山桜だった。

古びた注連縄《しめなわ》の巻かれた桜は、いまは花をつけずにいるが、春になれば違う。山桜特有の甘い香りを放ちながら、それは美しく咲くことを知っていた。

悠と一緒に、何度も、その光景を眺めてきたのだ。

この場所は、子どもの頃、深月たちの遊び場だった。ふたりだけの秘密基地だったから、数えきれないほどの思い出があった。

はらはらと淡雪が降っている。頬に触れた途端、融《と》けてしまった雪は、涙のように頬を滑った。

乾いたはずの涙が、また溢《あふ》れた。

少女だったとき、深月は悠のことが好きだった。幼馴染や家族としての好意ではなかった。ただ、ひとりの男の子に、どうしようもなく恋をしていたのだ。

報われることのなかった、とうに散ってしまった初恋だった。

それなのに、心臓を握りつぶされたように胸が痛い。深月の心には、いまだ悠への恋心が巣くっていたのだ。

「悠が生きていたら、良かったのに。わたしなんかじゃなくて」

あの夜、深月を迎えに来なければ良かった。あるいは、深月が車道側を歩いていたならば、悠は助かったかもしれない。

もしもの可能性を想像しては、覆ることのない悠の死が伸《の》し掛かってくる。

『約束。ずっと、俺のこと見ていて』

幼い日の約束が、呼び起こされる。ずっと見ていて、と願った男の子の声が、何もできなかった深月を責めるよう、何度も、何度も響く。

「ごめんね。ごめんね、悠」

左手の小指を、そっと胸元に引き寄せる。獣に食いちぎられたかのように、指切りをした小指が痛むのは、もう約束を叶えることができないと知ったからか。

悠がいなくては、あの約束に意味はない。

山桜の幹を、握りしめた拳で叩いた。枝についた雪が、いまだ蕾《つぼ》んでもいない花の代わりに、ぽたり、ぽたり散ってゆく。

「悠のいない春なんて、いらないのに」

薄紅《うすべに》の花咲く季節も知らず、初恋の人は逝った。

――神様、どうか。悠のいない季節を奪って。

彼のいない春ならば、永遠に来なくても良かった。

そう願ったとき、深月はありもしない幻を見た。

夜の暗闇が塗りつぶされて、視界一面、薄紅の花吹雪《はなふぶき》に覆《おお》われる。まだ咲くはずのない山桜が、悠と過ごした頃のように、あたりを春色に染める。

懐かしく、慕《した》わしい花の匂いが、深月を包み込むように香った。

そのまま、深月の意識は途絶えてしまった。

◆◆□◆◆

枕元で、いちばん好きな舞台作品――《尾を喰らう蛇《ウロボロス》》のサントラが流れた。目覚まし代わりに、スマートフォンのアラームに設定している音楽だ。

（目覚まし？）

深月は勢いよく身体《からだ》を起こした。顔をあげれば、壁に飾っている悠の写真と目が合った。少し前、葬儀場で目にした遺影と同じものだ。

悠が主演を務めた《尾を喰らう蛇》のブロマイド。

「……なん、で」

悠の葬儀のあと、あてもなく町をさまよって、寂れた神社の境内に辿《たど》りついた。

（目の前が、桜の花でいっぱいになって。甘い香りがして）

その後のことが、深月には分からなかった。どうして、いま自室のベッドで横になっているのか。

大音量で流れるアラームの音楽を止めて、深月は凍りつく。

スマートフォンの画面で、三月一日の文字が躍っている。

見間違いかと思ったが、何度見ても画面は変わらない。

奇妙だった。百歩譲《ゆず》って、神社から帰宅して、いつのまにかベッドに入ったとしても、この日付だけは受け入れることができなかった。

本来であれば、四月一日になっているはずだ。

深月はパジャマのまま、二階の部屋からリビングへと駆け下りた。

「おはよう。どうしたの？　こんな早くに下りてくるなんて珍しい」

母の晶子が、リビングに繋《つな》がったキッチンから顔を出した。弁当を用意しているところだったらしく、手には、深月がミシンで縫《ぬ》ったランチトートがあった。

リビングで点けっぱなしのテレビで、今日の天気予報が流れている。

スマートフォンと同じく、日付は三月一日だ。時刻は五時半、ちょうど始発の電車が町の駅に到着した頃で、早朝といっても良い時間だった。

「嫌な夢でも見たの？　ちっちゃいときみたいに」

何も答えない娘を心配してか、晶子は眉《まゆ》を曇らせた。

「夢？」

「ええ。よっぽど嫌な夢だった？　いつもなら、出勤時間ギリギリまで、録画したドラマとか観ているじゃない」

晶子の言うとおり、この時間は悠が出演しているドラマや映画を観ている。録画していたもの、過去作品のDVD、観るべきものは多く、朝の時間も無駄にはできない。

「夢。……ぜんぶ、夢だったのかな」

真っ白な雪を穢《けが》した赤い血も、人形のように熱を失くした遺体も、焼香のにおいも、すべて深月の見た夢だった。

そうであるなら、これ以上に幸福なことはないと思った。

「ねえ、お母さん。悠って、町に帰ってきているの？」

夢のなかで、三月の頭から帰省《きせい》していた、と悠は言った。夢と同じならば、今日あたりから町に戻っている可能性があった。

「そうなの？　悠くんが帰ってくるなら、智里ちゃん、連絡くれると思うんだけど。いま忙しいから、忘れているのかも」

「智里さん、いま東京だっけ？」

悠の母親は、ブランドの服飾デザイナーとして活躍しており、昔から家を空けることが多い。拠点はこの町だが、一年中、あちこちを飛び回っているのだ。たしか、五月まで東京に滞在しているはずだ。

「そうそう、すごく大きな仕事があるみたいで。入れ違いで、悠くん帰ってきているのかしら？　でも、悠くんからも帰省の連絡は貰《もら》っていないのよね」

「じゃあ、やっぱり帰ってないのかな」

「もしかして、夢に出てきたの？　大好きだったもんね。悠くん、うちで預かることも多かったじゃない？　深月ったら、ずうっと離れなくて、べったりで。ちっちゃいときは、血の繋がったお兄ちゃんだと勘違いしていたもの」

勘違いして当然だ。悠の母親は忙しい人なので、幼少期の彼は、橘家で寝泊まりすることも多かった。この家には、当たり前のように悠の部屋があり、今も定期的に掃除をしているくらいだ。

「昔のこと言わないでよ」

「昔のこと？　今も大好きじゃない。連ドラも映画も、舞台も雑誌も、すっごく細かくチェックして。深月の給料なんて、だいたい悠くんで消えちゃう。実家暮らしで良かったわね、あなた」

「違うから！　ファンとして、好きなだけで」

「そんなムキにならないでよ。怒ると、お父さんにそっくり」

単身赴任《たんしんふにん》中の父を引き合いに出して、母は肩を竦《すく》める。

（そっか。ぜんぶ夢だったんだ）

深月は力なくソファに座って、じっとテレビを見つめる。何度見ても、日付は三月一日で、変わることはなかった。

じんわりと目頭《めがしら》が熱くなって、子どもみたいに涙が溢れた。

「えっ、なんで泣いているの？　お母さん、出勤するけど大丈夫？」

おろおろする母親に、何でもない、と深月は首を横に振った。

悠が死ぬという、ひどく悪趣味な夢だった。夢で良かった、と安心して、深月はいつもどおり会社に向かった。

ひゅるり、と窓の外で、冷たい風が吹いた。

深月は仕事から帰るなり、夕飯も食べず、自室に引き籠《こ》もった。

ありふれた一日だった。今朝がたの夢は、やはり夢であったのだ。そう思いつつも落ちつかなくて、自然と、ミシン台の前に座っていた。

落ちつかないときは、手を動かすに限る。

ミシンの電源を入れて、縫いかけだったブラウスに取り掛かる。

薄手のブラウスは、雑誌で見たときに一目《ひとめ》惚《ぼ》れしたものだ。袖口《そでぐち》や襟元《えりもと》の形が可愛《かわい》らしく、けれども派手ではないので、会社にも着ていけそうなのが良かった。社内に籠もりきりなので、服装くらいは好きなものを取り入れたい。

ブラウスの袖を縫い終えたところで、深月はミシンのペダルから足を離した。

（袖口。刺繡《ししゅう》を入れても、可愛いかも）

ミシン台の隣には、布や裁縫《さいほう》道具を収めたクローゼットがある。

クローゼットの奥には、埃《ほこり》を被《かぶ》った刺繡道具が仕舞われているはずだ。縫い物も編み物も、一通り手を出してきたが、刺繡だけは一度きりだった。

最初で最後に刺繡したのは、十年近く前、町を出る悠に渡すための御守りだ。

当時を思い出すから、ずっと刺繡をする勇気がなかった。この町に置き去りにされた悲しみが、桜の花とともに散ってしまった初恋の痛みが、よみがえってしまう。

裁縫のときだけ使うメガネを外して、深月は立ちあがった。ファンヒーターのせいで乾燥した空気を入れ替えるよう、窓を開ける。

深月の部屋からは、道路を挟んで真向かいにある七瀬家がよく見える。

夜になっても電気は点いておらず、人のいる気配はない。今朝の夢と違って、やはり悠は帰省していない、と思ったときのことだ。

七瀬家の玄関前に、ひとりの男が立っていた。

（悠？）

長身痩軀《ちょうしんそうく》で、遠目からでも美しい男だった。

暗がりで顔を見ることはできないが、深月には悠だと分かった。ドラマ、舞台、雑誌、あらゆる媒体《ばいたい》で、悠のことを追い続けてきたので、間違えることはない。

大きな声を出せば、きっと聞こえる距離だ。

しかし、名前を呼んだところで、悠は振り向いてくれないだろう。そのことに傷つくくらいならば、気づかなかった振りをした方が良い。

深月は窓を閉めた。

「悠、帰ってきたんだ」

あれほど残酷《ざんこく》な夢を見た日に、彼が姿を現した。気味の悪い符合だった。

◆◆□◆◆

深月の不安を煽《あお》るように、その後も、悠は自宅付近に現れた。

（悠は何しているんだろう？　家にも入らないで）

三月中旬《ちゅうじゅん》の土曜日。

馴染みの喫茶店《きっさてん》で、深月は溜息をつく。悠のことが気になって、どうにも落ちつかない気持ちになった。

「深月ちゃん、いらっしゃい」

見慣れた女性店員が、お冷《ひや》を持ってきてくれる。

昼下がりの喫茶店《ハザクラ》は、香ばしいコーヒーの匂いに満ちている。古い映画に出てくるような店内は、昔ながらの喫茶店といった雰囲気《ふんいき》で、ゆったりした時間が流れていた。深月以外の客がいないので、なおさら、そう感じるのかもしれない。

「もう、返事くらいしてよ。疲れている？」

拗《す》ねたような声が降ってくる。明るい茶髪をひとつに束ねて、いくつもピアスを開けた女性は、わざとらしく首を傾《かし》げる。エプロンにつけた《志野原《しのはら》》のネームプレートが、揺れていた。

「莉子《りこ》さん。ごめんなさい、お冷ありがとうございます」

志野原莉子は《ハザクラ》の店員であり、深月にとっては年上の友人でもある。

「どういたしまして。なんだか、会うのは久しぶりだね？」

「あんまり久しぶりって感じはしませんけどね。莉子さん、いっぱい連絡くれるから」

「だって、深月ちゃん、いつもより返事が遅いんだもん。アプリのメッセージ、ぜんぜん既読にならないし。心配だったの」

「すみません。三月なので、ちょっと仕事が忙しくて」

「年度終わりの繁忙期《はんぼうき》ってやつだ。うちの旦那《だんな》さんも、朝早く出て、夜おそーくに帰ってくるんだよね。いつも以上に大変そう。お疲れ様、サービスしてあげよっか？」

「もう。マスターに怒られますよ」

「えー、怒られないよ。ねえ、マスター？」

カウンターでコーヒーを淹《い》れていた、五十がらみの男性が頷《うなず》く。

「なんでもサービスしてやれ」

刈り上げた短い髪、太く真っ直ぐな眉《まゆ》、刃物のように鋭いまなざし。任侠《にんきょう》映画に出てくるような強面《こわもて》なのだが、子どもの頃からの知り合いなので、たいがい深月に甘い人だった。

「三月の限定デザート出してあげるね。桃のタルトだよ」

喫茶店《ハザクラ》は、定番のケーキ以外に、月替わりの限定デザートを用意している。莉子が作っているもので、三月は桃のタルトらしい。

「三月は雛祭《ひなまつ》りがあるから、桃なんですか？」

「うん。可愛いでしょ？　桃のタルトが終わったら、四月からは深月ちゃんの大好きな桜のシフォンケーキ。深月ちゃんだけ、特別仕様にしてあげる。来てくれるよね？　お姉さんに会いに」

仔猫がじゃれるように、莉子は身体《からだ》を寄せてきた。

五つ年上。二十九とは思えないほど、仕草の可愛らしい女性である。明るい髪色やピアスのせいで近寄りがたい印象を受けるが、中身は愛らしく、そのうえ優しい。深月は一人っ子だが、彼女のような姉がいたら、と想像したこともある。

「いっぱい来ますね。莉子さんの作るデザートのファンなので」

「あたしのファン？　それって、七瀬悠よりも？　深月ちゃん限定の特別デザートと、七瀬悠主演舞台の千秋楽《せんしゅうらく》。さ、被ったら、どっち選ぶ？」

「悠くんの舞台だな。深月ちゃん、悠くんが仕事はじめる前からの、筋金《すじがね》入りのファンだからな。チビの頃から、そりゃあ仲良しだったさ。こっちが照れるくらい、べったりで。誰も引き離せなかった」

「マスター!!」

思わず声を荒らげるが、マスターは涼しい顔のままだ。

「本当のことだろ？　あの頃の悠くん、ワンピースとかも着ていたからな、深月ちゃんとお揃《そろ》いだって。本当の姉妹みたいに可愛くて、周りの連中なんて、きゃあきゃあ騒いでいたもんだ」

「あっ、たしかに。七瀬悠も深月ちゃんも可愛かったなあ。お人形さんみたいで」

「見たことないくせに、何言っているんですか？」

「あるぞ？　従業員は、店のアルバムも見放題だ。当時のアルバム、深月ちゃんも悠くんも山ほど映っているからな。秘蔵ショットだ、秘蔵ショット」

「止めてください！　恥ずかしいから！」

小学生の頃、ほんの一時期、深月と悠は《ハザクラ》で夕食をとっていた。

悠の母親は東京に出張中で、深月の両親も仕事と身内の不幸が重なってしまった。困っていたところ、昔馴染みのマスターが面倒をみてくれたのだ。

写真好きが高じて、店や客のことも良く撮っていたので、深月たちの子ども時代も、当然のように写真に撮っていた。

「懐かしい。悠くん、チビの頃から美人だったからな、そりゃあ有名にもなる。こんな小さな町の出身なんて、嘘みたいだろ。桜だけだからな、この町」

喫茶店《ハザクラ》の店名は、葉桜が由来である。

ちなみに、町には業種や字面《じづら》こそ違うものの、同じ《ハザクラ》という音の店が、他に三軒もあった。

この店に限った話でなく、単純に、この町は桜に因《ちな》んだ名前が多いのだ。

山間《やまあい》の長閑《のどか》な町で、これといった特産品や産業はない。そんな町が、唯一、誇ることができるのは、桜が美しいことくらいだった。

山桜も、染井吉野《そめいよしの》も、他の品種も。雪融けを迎えて春になると、ありとあらゆる桜が、町のいたるところで爛漫《らんまん》と咲き誇るのだ。

この町は、春がいちばん美しい。

「そういや、莉子ちゃん、悠くんと同世代だったな。学生のとき、盛り上がったりしなかったのか？　格好良い男がいるって」

「あたしより、学年が二つも下ですよ？　学生時代の二つ下って、もう別世界ですし。そもそも年下は趣味じゃないんですよ。……そうだなあ、実は同じ高校でした、とかなら、分かるかもしれないけれど」

「普通の県立高校ですよ、町にある」

深月は高校名を教える。在学期間は被っていないが、深月の母校でもあった。

「うそ、本当に同じ高校だった。どうだったかな。ああ、でも、モデルやっている後輩くんがいるって、うわさあったかも」

もともと、悠は服飾デザイナーである母親の伝手《つて》で、不定期にキッズモデルをしていた。

本格的にモデル活動を始めたのは、高校生の頃だったと思う。卒業した後は、すぐに上京し、メンズ雑誌の専属モデルとなった。

その後、俳優業で知られるようになったのは、モデルと並行して出演していた舞台のうち、とある作品が当たったことがきっかけだ。

東京の小さな劇場から始まった《尾を喰らう蛇《ウロボロス》》という作品は、劇場の規模を大きくしながら、五年に渡り、作品と同じ季節になると上演された。

「深月ちゃん、直筆サインとか持ってないの？」

「ないですね」

「ないの？　じゃあさ、幼馴染《おさななじみ》のよしみで貰《もら》ってきてよ」

悠が上京してから、十年近く疎遠《そえん》になっているのだ。顔も合わせていないのに、サインなど頼めるはずもない。

「莉子さん、悠のファンでしたっけ？」

むかし、幼馴染であったことを教えたとき、莉子は特別な反応をしなかった。変に騒ぐこともなく、そうなんだ、とあっけらかんと言っていたくらいだ。

「ううん、違うけど。旦那さんに怒られちゃうから、若手俳優の応援はしないって決めているんだよね」

「ああ。莉子さんのこと大好きですもんね」

莉子の夫とは、彼女の結婚式以来、何度か話したことがある。穏やかで優しそうな男性なのだが、いささか心配性で、そのせいか嫉妬《しっと》深いところがあった。

莉子は苦笑いした。夫のことで、思いあたる節があるのだろう。

「ファンじゃなくてもさ、有名人のサインって欲しくない？　売ったら高そうだし」

「流行《はや》りの転売ヤー？　って、やつか。オークションで値段を釣りあげるんだろ。莉子ちゃんが言うと冗談に聞こえない」

「ひっどい、マスター。冗談に決まっているのに。深月ちゃんに負担かけてまで、七瀬悠のサインなんて欲しくないって。お友だちの方が大事、大事」

莉子はそう言って、優しく目を細めた。

余計な詮索《せんさく》はせず、悠の幼馴染としてではなく、深月を深月として見てくれる。彼女のそういうところを、深月は好ましく思っていた。

「ありがとうございます」

「どういたしまして？　ね、お喋《しゃべ》りしたら元気になった？　お店に来たときから、ずっと暗い顔していたから、心配だったんだよね。仕事が忙しいだけ？　それとも、悩みでもあるの？」

元気がないのは、この頃、たくさんのことに既視感《きしかん》を覚えるからだった。たとえば、母の作ってくれる弁当の中身を、食べたことがある気がして。たとえば、会社で処理した書類を、以前も見たことがある気がして。

――三月一日、悠が死ぬ夢を見た。

あのときから、得体の知れぬ焦燥感《しょうそう》に襲われる。生活のあらゆる場面で、はじめてではなく、以前も同じことをしたように感じる。

だが、それを誰かに相談することはできなかった。話したところで、妄想の一言で片づけられるだろう。

「莉子さんの作った桃のタルト食べたら、もっと元気になるかも」

「了解。あとは?」

「ピアノ聴きたいな。夜しか演奏してくれないでしょう? たまには、お昼にも演奏してください。わたし、莉子さんのピアノ好きだから」

喫茶店《ハザクラ》は、夜になるとバーになる。

店内にあるピアノは、もともと内装の一部でしかなかったのだが、莉子が店員となってからは、夜の演奏に使われていた。

「うんうん、お姉さんが特別に弾いてあげる」

莉子はテーブルにお盆を置いて、空中で鍵盤《けんばん》を弾くように指を動かした。

「莉子さんの手、魔法の手みたいですよね」

「えっ、なに。急にロマンチックなこと言わないで、照れちゃう」

「美味《おい》しいケーキも作れて、綺麗《きれい》なピアノも弾けて」

「そんなことで魔法の手になるの？　ちょっと人より大きいだけ。ま、ケーキ作りには役に立たないけど、ピアノ弾くときは便利かな。ほら」

深月の両手をとって、莉子はぎゅっと手を合わせてくる。二人は間抜けな体勢で、そのまましばらく見つめあった。

耐えきれず、深月は笑ってしまう。

「もう、どうして笑うの」

「本当に、大きい手をしているなって思ったんです」

深月が小柄なせいもあるが、莉子の手は、深月より二回りも大きかった。

「自慢なの。見てよ、指もこんなに長いんだよ。鍵盤なんて、すぐに届いちゃうの。深月ちゃんは可愛《かわい》い手をしているね」

「指が短いって言いたいんですか？」

「それもある！　だって、見てよ。左手の小指なんか子どもみたい。あれかな、右手よりも短いみたい。言われたことない？」

たしかに、左右の手を比べると、左手の小指が短い。たしかに、ちょっと短いのかもしれませ
「莉子さんに言われて、はじめて気づきました。たしかに、ちょっと短いのかもしれませんけど、特に困ったことないので」

「うーん。指切りするときとか、ピアノ弾くとき困るかも？」

「この歳《とし》になって指切りは、ちょっと……。ピアノも自分で弾きたいとは思いませんし。莉子さんのピアノを聴くのは大好きですけど」

「あら、嬉しい。良い子には、タルトの他に、マスターのコーヒーもつけてあげようかなあ。この前、とっておきの豆を買っていたから」

莉子は鼻歌まじりに、厨房《ちゆうぼう》に向かった。

莉子との関係のはじまりは、常連客と新しく採用された店員だった。そのときも良くしてくれたが、友人となってからは、本当にいろいろと気遣ってもらっている。

小中学校や高校の友人たちは、進学や就職を機に、ほとんど町を出てしまった。この町に取り残されてしまった深月は、ずっと莉子の存在に救われている。

ふと、深月はガラス窓の外を見た。

夕闇の落ちる路地に、男が立っていた。仕立ての良い黒いダッフルコートを羽織《はお》って、

足元まで黒く固めている。

まばらに行き交う人々は、男のことなど気にも留めない。

降りしきる雪のなか、その顔が傘で隠されているからかもしれない。あるいは、このような町に、彼がいるとは思わないのか。

ただ、深月には分かってしまう。

まぎれもなく、あれは七瀬悠だった。

「悠」

喫茶店《きっさてん》を飛び出して、声をかける勇気はなかった。

やがて、彼は路地を去る。遠ざかる背中を見つめて、深月は唇を噛《か》んだ。

◆◆□◆◆

深月の憂鬱《ゆううつ》を嘲笑《あざわら》うかのように、あちらこちらで悠を見かける日々が続いた。

三月のはじめに見た、悠が轢《ひ》き殺された夢と重なっていくようで、胸騒ぎがする。あれは夢であったはずなのに、町に悠がいることで、得体の知れない不安が込み上げる。

（なんで、町に帰ってきたんだろう？　お盆でも、お正月でもないのに）

仕事で忙しいだろうに、やむを得ない事情があるのか。

会社帰りのバスで、深月は頭《かぶり》を振った。

疎遠になった幼馴染のことだ。それも、深月とは縁遠い世界で生きる男のことなど、まともに気にするだけ無駄だ。

他のファンと同じように、遠くから悠を応援する。

それくらいの距離感が、深月には似合いだ。

自宅最寄りのバス停で降りたときには、大粒の雪が降っていた。折り畳《たた》み傘をかざすと、水気たっぷりのぼた雪が落ちてくる。今年は数年ぶりの豪雪で、三月になっても雪がちらつくほどだ。近年は暖冬が続いたので、なおのこと、そう感じるのかもしれない。

家の鍵《かぎ》を開けて、傘を閉じようとした手を止める。

(怒鳴り声？)

道路を挟んで真向かい――悠の実家から、言い争う声がした。

傘の隙間《すきま》から、そっと七瀬家を見る。外灯の灯りが、こちらに背を向けた男と、その正面に立っている悠を照らす。

どうやら、玄関の前で口論になっているらしい。

悠は、ぞっとするような顔をしていた。

人形のように整った顔に、いつもどおりの明るい笑みを張りつけている。仔犬みたいな愛嬌《あいきょう》のある、まさに世間一般が抱く《七瀬悠》のイメージそのままの笑顔だった。

あまりにも完璧《かんぺき》な笑顔は、映画の一場面のようだった。

笑っているからこそ、深月は恐ろしかった。少なくとも、他人と言い争っている最中に、あんな楽しそうに笑う人間はいない。

内容は聞き取れないが、悠たちの言い争いは過熱しているようだった。

不意に、悠と視線が合った。深月に気づいた彼は、ほんの少しだけ顎《あご》を反らした。まるで、早く家に入れ、とでも言うように。

耐え切れず、深月は家のなかに飛び込む。玄関の鍵をかけた途端、立っていられなくなった。

『約束。ずっと、俺のこと見ていて』

呪いのような約束がよみがえって、深月は両耳を掌《てのひら》で塞《ふさ》ぐ。

どうしても、いまの悠のことを見ていられなかった。

深月の知っている彼は、表情という表情を削《そ》ぎ落としたような顔をしている。無感動ではないが、人形のように表情が薄い子どもだった。

たしかに、大きくなるにつれて、人懐こい様子も見せるようにはなった。俳優やモデルとしての七瀬悠のイメージどおり、明るく、笑うと仔犬みたいに可愛い顔だ。

それでも、深月の根底には、あの約束を交わした頃の悠がいる。

嬉しいことも、悲しいことも良く分からない。自分の気持ちを表現することが苦手で、上手《うま》く笑うこともできない。そのことに苦しみ、泣いていた男の子がいる。

だから、いまの悠を見ると、知らない誰かのように感じてしまうことがあった。悠が遠い世界へ行ってしまったことを、思い知らされるのだ。

その後も、町のあちらこちらで、悠を見つける日々は変わらなかった。

会社帰りにも、休日にも、ふとしたとき、視界の片隅にいるのだ。深月から声をかけることはできず、足早に時間ばかりが過ぎていく。

――気づけば、三月二十九日となっていた。

(夢のなかで、悠が殺された日だ)

時刻は夜の十時をまわっている。あの夢と同じように、残業が長引いて、最終バスを待つしかない時間になっていた。

バス停を目指して、車どおりのない道を行く。降り積もった雪が街灯を反射して、やけに明るい夜だった。

だから、道路を挟んだ向こう側、バス停近くに悠が立っていることが分かった。

途端、足が止まってしまう。

夢では、深月を迎えにきたせいで、悠は殺されてしまった。かつて恋をした男が、深月を守って、代わりに死んでくれたのだ。

そんな悪趣味な夢は、悠に会いたい、という願望の顕《あらわ》れだったのかもしれない。

だが、会って、どうするのだろうか。叶わなかった初恋を思い出して、惨《みじ》めになって、苦しむ未来しか思い浮かばない。

もし、赤の他人のようにあつかわれたら、立ち直ることができない。

深月と悠は、疎遠《そえん》になった幼馴染《おさななじみ》だ。家族のように過ごした昔とは違う。きっと、子どもの頃みたいに優しくも、大事にもしてくれない。

あの夢のように、深月に笑いかけてくれることもない。

まして、深月を守り、死んでくれることはないだろう。

立ち尽くす深月の横を、大型のバイクが通り過ぎた。運転手は黒いヘルメットを被《かぶ》り、厚着のせいか性別も分からない。

運転手は、一瞬だけ深月を振り返ったあと、急に左折した。

そのままバス停に――正確には、バス停の近くにいた悠に、突っ込んでいく。

直後、悠はバイクに撥《は》ね飛ばされた。

（え？）

目の前の光景が信じられず、深月は息を止めた。

玩具《おもちゃ》のように地面に転がった悠が、夢と重なる。

バイクを降りた何者かが、倒れた悠に近寄った。ウエストポーチから取り出した、刃渡りの長い包丁が光る。

恨みつらみを込めるように、何度も、何度も、凶器が振り下ろされる。

地面に縫《ぬ》い留められて、深月は一歩も動けなかった。

幼馴染がバイクに撥ねられて、めった刺しにされる光景を、映画のワンシーンのように眺めていた。

あまりにも惨《むご》たらしくて、遠い世界の出来事のように感じてしまった。

やがて、満足したのか、何者かはバイクに戻った。血まみれで倒れる悠を嘲笑うかのように、雪道を去っていく。

「はる、か？」

おぼつかない足取りで、深月はバス停に向かう。

深夜のバス停は、人通りどころか、車通りもない。まるで二人きり、夜の世界に閉じ込められたかのようだ。

三月の雪を、赤い血が穢《けが》していた。

虫の息となった悠は、それでも意識があるようだった。

深月は立っていられなくて、膝から崩れ落ちる。這《は》いずるように、地面に転がった悠に手を伸ばす。

ほとんど無意識のうちに、悠の上半身を抱き寄せた。

腕のなかで、悠は微笑《ほほえ》んでいた。

明るく人懐こい、仔犬みたいな笑顔ではない。深月のよく知っている、野に咲く花のように控えめな笑みだ。

ねえ、深月。悠は甘ったるい声で、深月の名を呼ぶ。

「ずっと俺のこと、見てくれた？」

最期の言葉は、まるで呪いだった。

『約束。ずっと、俺のこと見ていて』

幼い日の約束が、頭のなかで反響している。左の小指、あのとき約束を交わした指が、獣に食いちぎられたかのように痛い。

冷たくなった悠を抱きしめて、深月は震えあがった。

嘘みたいに呆気《あっけ》なくて、まるで現実味のない死だった。

『俳優の七瀬悠さんが、帰省先《きせい》で何者かに刺されて亡くなったことが、所属事務所の発表で――』

スマートフォンに表示された、ニュース速報のポップアップを閉じる。

速報が出たのは、三月三十一日の正午だった。悠の所属する事務所は、告別式を終えるまで報道を抑えていたらしい。

頭が、おかしくなりそうだった。

ごくわずかな人間だけで行われた告別式だった。悠の母である智里、深月の母、そして深月。たった三人、ある種の家族葬みたいなものだ。

深月は、悠の棺《ひつぎ》にすがりつかなかった。

映画や舞台の一場面を見ているかのようで、何もかも現実味がなかったのだ。焼骨《しょうこつ》や形見分けに参加することはできず、深月は帰路に就《つ》いた。

淡雪の降るなか、やっとの思いで帰宅したが、玄関を開けることができなかった。身体《からだ》に力が入らず、寒空の下で蹲《うずくま》ってしまう。

「……夢じゃなかったの？」

三月一日、悠が車に轢かれる夢を見た。

あれは夢ではなく、本当に起きたことなのかもしれない。死因は異なるが、また悠は殺されてしまった。

夢で轢き殺された悠は、今度は誰とも知れぬ者に刺された。

（時間が巻き戻った？　まるで、舞台や映画みたいに）

先ほどの告別式は、正しくは二度目だったのかもしれない。

真夜中、寂れた神社に立った深月は、たしかに存在した。桜の花弁に呑《の》まれて、その香りに包まれた記憶は、夢幻ではなかった。

あのとき時間は巻き戻り、深月は三月を繰り返したのだ。

「深月ちゃん」

頭上に影が落ちる。降りそそぐ雪を遮《さえぎ》るよう、傘が広がっている。

「莉子、さん」

莉子が、そっと深月に傘を差していた。青ざめた深月を見るなり、彼女は覆《おお》いかぶさるように抱きついてくる。

「新聞見て、駆けつけちゃった。ごめんね。いてもたってても、いられなくて。なんにもできないのに、あたし」

抱きしめられると、彼女の体温が伝わってくる。冷たくなった悠と正反対で、胸が締めつけられた。

悠は死んでしまった。もう二度と、その身に熱を宿すことはない。

「泣いても良いよ。誰も怒らないから」

「……泣けないんです」

告別式でも、涙の一滴さえ零《こぼ》れなかった。

一度目のときは、棺にすがりついて、あんなに泣いたのに。

深夜、あの時間。立ち去った通り魔を追うこともできなかった。腕のなかで息絶えた悠の顔が、脳裏《のうり》にこびりついて離れない。

満たされた微笑みだった。どうして、悔《く》いのない、晴れやかな顔で逝《い》ったのか。

それが深月の憶えている、二度目の悠の死だった。

ありもしない、薄紅《うすべに》の花の幻が見える。春に咲くはずの花は、何もできなかった深月を責めるように、あたり一面を染めゆく。

何処《どこ》からともなく、懐かしい山桜の匂《にお》いがした。

幕間　壱

この恋は、始まったときには散っていた。

美しい花々に覆われた棺で、恋しい人は眠るように目を閉じていた。

喪《うしな》ってから初めて、大事に想っていたことを知る。

ドラマや映画、漫画、小説、あらゆる媒体《ばいたい》で語り尽くされてきた、陳腐《ちんぷ》で王道なテーマだ。まさか、自分に降りかかるとは思わなかった。

死に顔は、刃物でめった刺しにされたとは思えぬほど綺麗《きれい》だった。だから、こんなにも胸が痛くて、遣《や》る瀬《せ》無《な》さばかり募《つの》るのだろう。

きっと悔いなく逝った。悔いているのは、遺《のこ》された自分だった。

（春なんて、永遠に来なければ良い。幼馴染《おさななじみ》が死んだ春などいらない）

そんな願いが、恋心が、呪いとなったのかもしれない。幼馴染の死を受け入れることができぬまま、気づけば時間は巻き戻った。

三月の終わりになると、幼馴染は何度だって死んでしまう。

繰り返し、繰り返し、その死を見届けてきた。無残に散っていく命を、目の前で零れゆく命を見つめ続けた。

『約束。ずっと、俺のこと見ていて』

幼い頃に交わした、あの約束に報いるために、目を逸《そ》らすわけにはいかなかった。逃げてしまったら、それが何よりもの裏切りになってしまう。

（何度も手を伸ばした。なのに、いつも間に合わない）

いつまで経っても、恋しい人の死が終わらない。

きっと、次も繰り返す。何度目かも分からない三月一日の朝を迎える。

今度こそ、この悪夢を終わらせる。永遠に訪れることのない春を否定する。幼馴染を生かして、美しい桜の季節を与えてみせる。

たとえ、その隣に自分がいなくとも。

春めく世界で、ただ微笑んでくれるのなら、それだけで良かったのだ。

第二幕

あらゆる場所、あらゆる方法で、悠《はるか》は死んだ。轢死《れきし》、刺殺《しさつ》、撲殺《ぼくさつ》、とにかく三月二十九日になると息絶える。

まるで、そう運命づけられているかのように。

十三回目となる、七瀬《ななせ》悠の告別式。

泣くことのない深月《みづき》を、周囲は咎《とが》めなかった。幼馴染が殺されて、涙も出ないほど打ちのめされている、と勝手に勘違いしてくれる。

本当は違うのだ。ただ、深月は知っているだけだった。

三月の終わりになると、必ず悠は死んでしまう。そうして、告別式の行われる日――三月三十一日の夜、時間は一か月ほど巻き戻されるのだ。

視界一面を覆い尽くした、暴力的なまでの桜吹雪《さくらふぶき》。

身体《からだ》の奥底まで侵されるような、懐かしく、慕《した》わしい山桜の香り。

それらが、深月のことを三月に縛《しば》り付け、縫《ぬ》い留めるかのようだった。どんなに繰り返しても、深月は四月を迎えることができない。

春は来ない。悠が死ぬ限り、時間は何度だって巻き戻る。十三回も繰り返して、ようやく、現実を受け入れることができた。

悠が死んでしまうから、春が来ない。

彼を生かすことができれば、不可解な巻き戻しは起こらない。繰り返した三月が終わって、きっと美しい春を迎えることができる。

（十三回、悠を見殺しにした）

時間の巻き戻しを、受け入れることができなかった。夢だと思いたかった。

もしかしたら、深月が何もしなくても、悠は助かるかもしれない。春が来るかもしれない、と浅はかな期待を抱いた。

この不可解な巻き戻しを認めて、悠を助けるための覚悟がもてなかった。

（だけど、もう間違えない。悠を生かして、春を迎える）

――そう決めて、橘《たちばな》深月は、十四回目の三月一日を迎えた。

かじかむ指に息を吹きかけ、早朝の駅に立つ。

腕に嵌《は》めたデジタル時計は、朝の六時を示している。始発の電車が通過したくらいなので、ホームには出勤の早い若手のサラリーマンがいるくらいだった。

がらがらのホームから、改札横のベンチに視線を移す。

ベンチで足を組んで、文庫本を開く男がいた。

黒のダッフルコートに、同色のニット、足元のブーツまで黒ずくめ。普通ならば不審者にしか見えない恰好《かっこう》だが、職業柄か、ひどく似合っていた。まるで、彼が着こなすために誂《あつら》えられたようだ。

「悠」

きっと震えてしまうと思ったのに、声は真っ直ぐ出てくれた。顔をあげた男に、精いっぱいの笑みを向ける。

「深月？」

はっとするほど小づくりな顔は、テレビや紙面で見るよりも、ずっと整っている。

二十七歳。それなりに年を重ねても、昔と変わらず人形のように綺麗だ。

(マスクとかしなくて良いのかな。こんな綺麗な人がいたら、みんな気にしちゃうのに)

無防備に晒《さら》された素顔に、騒ぎにならないか心配になってしまう。

いつも黒く染めている髪が、地毛の明るい茶髪に戻っているから、大丈夫なのだろうか。

たしかに、ぱっと見の印象は違うが。

東京から帰ってきたばかりの悠は、ゆっくりと首を傾《かし》げた。

「どうして駅にいるの？　俺、帰ってくるって、教えてないと思うんだけど」

「智里《ちさと》さんから聞いたの」

十三回繰り返した三月のうち、何処かで智里が教えてくれた。

三月一日、悠は始発の電車で戻ってくる。

この巻き戻しの始点は、悠が町に帰った時刻なのだろう。

だから、深月は目覚ましアラームとともに、時間が巻き戻ったことを知る。深月がアラームを設定しているのは、偶然にも、始発電車が町に入る頃だ。

「母さん、あいかわらず深月には口が軽いなあ。それで迎えに来てくれたんだ？　こんな朝早くに。歩いてきたの？」

「車だよ。荷物あるから、家に帰るのも大変でしょ？　乗せてあげる」

「優しいね。でも、どういう心変わり？　俺とは会いたくなかったんでしょ。盆も正月も、俺が帰ってくるときに限って、旅行とかしていたからさ。あからさま過ぎ」

彼が帰省《きせい》する度《たび》に、何かと理由をつけて、会わないようにしてきた。近年では、悠と入れ違いになるよう、喫茶店《きっさてん》《ハザクラ》の店員——莉子《りこ》と旅行している。

「……ごめん、悠は悪くないの。なんだか気恥ずかしくて、会えなかっただけ。幼馴染が有名人になるなんて、緊張しちゃうから」

　気恥ずかしさも、緊張も、悠に会わなかった理由ではないが、深月は答えを濁《にご》した。しかし、それを見逃してくれる幼馴染ではなかった。

「俺が、深月のこと振ったからだよね。ごめんね」

　深月は眉《まゆ》をひそめた。突然、ひどく苦いコーヒーを飲まされたような気分だ。

「そんな昔のこと忘れてよ。十年近く前のことなのに。……近所のお兄さんが初恋なんて、べつに珍しい話じゃないと思う」

「どうなんだろうね。俺には、近所のお姉さんなんていなかったから。それで、初恋のお兄さんを迎えにきてくれた、可愛《かわい》い深月ちゃんには、ありがとう、で良いのかな？　嬉しいよ」

「嬉しい？」

「迎えてくれる人がいるのは、嬉しいよ。大事な、俺の故郷なんだから」

　ならば、どうして故郷を捨て、東京に行ってしまったのか。責めるような言葉が頭に浮かんだことに、深月は気づかぬふりをした。

「しばらくこっちにいるんだよね？　お母さん、悠が帰ってくるの知って、すごく張り切っているの。昔みたいに、一緒にご飯食べたいねって。こっちにいる間くらい、夜はうちで食べない？」

嘘ではなかった。今朝がた、悠を迎えに行くと言ったら、母は飛び跳ねそうなくらい喜んでいたものだ。深月と違って、母は悠と交流があり、いまも実の息子のように可愛がっている。

「邪魔じゃない？」

「むしろ、来てくれないと困る。毎日、美味《おい》しいもの食べさせるんだって、気合入れているから。わたしとお母さんじゃ食べきれない」

「毎日って。さすがに迷惑だって」

「ぜんぜん。お母さん、悠が来てくれるなら、すっごく喜ぶよ」

「深月は？」

「え？」

「深月は喜んでくれないの？」

悠は文庫本を閉じて、じっと深月を見つめてくる。

「……喜ぶよ。だって、初恋だったお兄さんだから」

とうの昔に、散ってしまった恋だった。

いちファンとして、彼のことは応援している。だが、好きという気持ちは、恋愛感情とは程遠いものに変化した。そう思いたかったのに、悠が死ねば死ぬほど、むかしの恋心が疼《うず》く。

春が来ないから、悠を好きだった少女時代を振り返ってしまう。

瘡蓋《かさぶた》が剝《は》がれるように、叶わなかった恋がよみがえる。

「可愛い妹にそう言ってもらえるなんて、俺って、本当に幸せ者だね」

「その妹っていうの、あんまり外で言わないでよ。悠に妹がいないことくらい、調べたら分かっちゃうんだから」

「大丈夫。実の妹とは言ってないし」

テレビのバラエティ番組や雑誌のインタビュー等、幼少期の話になると、この男は悪びれもなく深月のことを話す。実の妹と断言しなくとも、実の妹のような体《てい》で話すのだ。嘘はついていないが、意図的に誤解を与える話しぶりだった。

「それくらい許してよ。父親は借金作って蒸発したし、母さんもあんな感じの仕事人間だし。家族の思い出って言われたら、橘のお家のことしか浮かばないんだ。めちゃくちゃ良くしてくれたから」

深月は眉を曇らせた。そんな風に言われると、文句を言うこともできなかった。

悠の父親は、彼が赤子のとき、借金を残して蒸発した。母親は、どうしてそのような男と結婚したか分からないほど立派な人だが、とにかく仕事で忙しかった。

むかし、悠は羨《うらや》ましい、と言った。深月が当たり前のように手に入れた、ありふれた家族の姿を、まぶしそうに見つめていた。

悠は、家族、家庭というものを、他の人よりも特別視している。特異な生い立ちにあったせいか、華やかな職に就《つ》いた今でさえ、強い憧れを持っている。

「楽しみだなあ、晶子《しょうこ》さんのご飯。ね、リクエストしちゃっても大丈夫？　俺、久しぶりに晶子さんのオムライス食べたいんだけど」鶏肉の代わりに、ほら、海老《えび》いっぱいの」

悠は立ちあがり、足元のバックパックを担《かつ》いだ。やけに大きい荷物は、実家に帰省するというより、これから旅行に向かうかのようだ。

「リクエストでも何でも言ってあげて。車、商店街の駐車場に停めているから」

車のキーを見せると、悠は申し訳なさそうに手を合わせた。

「ごめん！　駅前のホテル予約しているから、送ってくれなくて大丈夫なんだ。せっかく迎えに来てくれたのに、本当、申し訳ないんだけど」

「ホテル？　どうして」

「実家の鍵《かぎ》、失くしちゃったから？」

明らかに、その場しのぎの言い訳だった。深月の困惑を察しているだろうに、悠は駅から出ていこうとする。

「待って！　夕飯に来るなら連絡先！」

「知っているから平気。夜になったら連絡するね。今日、お仕事？　頑張って」

ひらひらと片手を振って、悠はホテルに消えていった。

「……知っているって。お母さん？」

勝手に娘の連絡先を教えることくらい、母ならやりかねない。

久しぶりに会ったにしては、驚くくらい、悠の態度は普通だった。十年近く前、兄のように接してくれた頃と変わらない。

あれほど悩んでいた深月の方が、ばかみたいだった。

(ひとまず、これで悠と接点が持てる。毎日、夕飯に来てくれるなら。三月の間、悠が何をしているのか分かるかもしれない)

この巻き戻しは、三月に限った話だ。

三月より前に巻き戻ったことはなく、三月の先に行くこともできない。

きっと、この三月に起きた何かしらの出来事が、悠が死んでしまう原因となる。それを突き止めることで、今度こそ春を手に入れてみせる。

◆◆□◆◆

橘家のリビングは、いつ訪れても温もりがあった。

だから、悠はこの家に来ることが、昔から大好きだった。

（やっぱり。深月の家にいるときの方が、帰ってきたって感じがするよね）

カーペットに置かれたボックスティッシュ、窓辺の観葉植物、吊るされた洗濯物《せんたくもの》。誰かが生活をしている痕跡が、きちんと残されていることが好ましい。

まったく生活感がなく、モデルルームみたいな悠の実家とは大違いだ。

食事のためのテーブルも、炬燵《こたつ》というところが良かった。三人家族にしては大きな炬燵は、悠や、その母親を迎えるために、あえて大きなものを選んだことを知っている。

「うわ、美味《うま》そう。さきに食べて良いの？　深月、まだ会社なのにさ」

炬燵の天板には、湯気の立つオムライスがあった。とろりとした卵に包まれたチキンライスは、チキンなのに鶏肉の代わりに海老が入っている。鶏肉が苦手な深月のために、橘家のオムライスはシーフード仕様なのだ。

悠にとっても、オムライスといえば、橘家のものだった。

作ってくれた深月の母――橘晶子は、人の好さそうな笑みを浮かべる。

「気にしなくて良いのよ。ごめんね、深月が誘ったのに。あの子ったら、今日は残業みたいなの」

「やっぱりそうなんだ？　メッセージ入れたのに、ぜんぜん既読つかないからさ」

トークアプリは、あいかわらず無反応だった。尤《もっと》も、まだ友達登録の承認もされていないので、メッセージに気づかれていない可能性もあるが。

十年近く連絡をとっていなかったので、悠の手元には、深月の電話番号もメールアドレスも残っていない。トークアプリのアカウント名さえ、本人からではなく、ズルをして手に入れたようなものだ。

「三月は忙しいみたいね。もう少しで帰ってくるとは思うんだけど」

「深月の会社って、文具の卸《おろし》さんだっけ」

「あら、ちゃんと憶えていたのね」

「憶えている、意外だったから。縫製《ほうせい》の仕事に進むとばっかり思っていたんだよね」

昔から、時間があれば、縫《ぬ》い物や編み物をする少女だった。家族はもちろんのこと、悠にも色々と作ってくれたものだ。

楽しそうにミシンに向かう背中を憶えている。

だから、それを仕事にするものとばかり思っていた。

「好きなことと、仕事にできることは別なのよ。あの子は、仕事にはできないと思ったみたい。悠くんの方が、よく分かるでしょう？　きっと」

「痛いとこ衝《つ》くね」

好きなことと、金銭を稼《かせ》ぐことは、結びつかないことが多い。

仕事を勝ち取ることができず、金銭を稼ぐことができなかった。仕事にしたせいで、好きなことが嫌いになってしまった。

そんな風に業界を去っていく人間を、山のように見てきた。

「私も、料理人になろうとは思わなかったしね。好きだけど、好きだからその道に進みたくなかった。嫌いになっちゃいそうで」

「勿体《もったい》ないって思っちゃうけどね。晶子さん、あいかわらず料理上手《じょうず》だから。本当、うちの母さんとは大違い」

「もう。智里ちゃんの方が、上手でしょう？」

「あの食った気がしない、小洒落《こじゃれ》た料理のこと？　俺、好きじゃないんだよね、家庭の味って感じじゃないし。だいたい、いつもは料理しない人だから、俺にはぜんぜん作ってくれないんだよ？　橘家が遊びに来るときだけだって、あんなに気合入れてんの」

　そのときの母を思い出して、悠は溜息をつく。

　ネイルを落として、爪を丸く切って、似合わないエプロンを着ける。普段は使わないキッチンに立つ姿は、知らない人のようだった。

「智里ちゃん、何でもできるもの。昔からそうよ、私の憧れ」

　晶子と、その夫。さらに悠の母親である智里。

　もともと三人は幼馴染《おさななじみ》で、昔から仲が良かった。橘家の人間が、悠に良くしてくれるのは、親同士の関係が根っこにあった。

「それ、母さんに言ってあげてよ。晶子さんたちのこと大好きだからね」

「いつも言っているんだけどね。自分に厳しい人だから、褒め言葉なんて、まともに受け取ってくれないのよ。そういうところ、悠くんとそっくり。親子よね」

「俺は素直に受けとっているけど？　褒められるの大好き」

「嘘つき、すぐ流しちゃうくせに。むかしの深月、いつもそのことで文句を言っていたのよ。悠は自分のことを分かっていない！　って」

「出た、幼馴染の贔屓目《ひいきめ》」

「贔屓もしたくなるのよ。あの子、いまも悠くんのファンだもの」

「知っている。すごく細かく、いろいろチェックしてくれちゃって」

下手《へた》したら、悠のマネージャー並みに仕事を把握《はあく》していそうだった。

「迷惑？　やっぱり。深月ったら、あなたに甘えてばかりだったでしょう。嫌じゃなかった？　私たちがいるから、嫌だって言えなかっただけで」

晶子は、悠が業界に入ったきっかけが、母親にあることを分かっている。だから、悠を応援する一方で、自分たちの応援が負担になっていたのではないか、と心配もしている。

自分たちの期待のせいで、悠は仕事を選べなかったのではないか。モデルも俳優も、悠の意志ではなく、周囲の圧力によって進まざるを得なかった道だったのではないか、と気にしている。

呆《あき》れるほど善良で、悠のことも実の息子のように可愛《かわい》がってくれている人だから、そんなところにまで気を回してしまうのだ。

「迷惑なんて思ったことないって。むしろ、深月が見てくれたおかげで、仕事、続けられたようなものだから。応援してくれるのも嬉しかったし、感謝している」

「そういうもの？　でも、あんなの深月が好きでやっていることだもの」

悠は苦笑する。晶子は知らない。あれは深月が好きでやっていることではなく、半ば悠が強制した、が正しい。

『約束。ずっと、俺のこと見ていて』

子どもの頃に交わした、ひどく性質《たち》の悪い、呪いみたいな約束だった。そんなものを守らせていると教えたら、さすがの晶子も怒るだろうか。

「ただいま。悠、もう来ていたの？」

玄関の開く音がして、小柄な女性がリビングに飛びこんでくる。

ノーカラーの白いコートに、紺《こん》色のタータンチェックのワンピース。きちんと化粧《けしよう》のされた顔に、あどけなさはなかった。

記憶のなかにいるセーラー服の少女は、すっかり大人の女性になっている。

そのことが、悠の胸をざわつかせる。

いつまでも、あの頃の少女のままでいてくれると思った。それが、いかに傲慢《ごうまん》な願いであるかも知らず、いまも悠は息をしている。

（君に会うために、俺は戻ってきた）

そう教えたら、深月はどんな顔をするだろうか。

◆◆□◆◆

三月中旬《ちゅうじゅん》、土曜日の昼下がり。

窓の外では、あいかわらず淡雪が降っていた。これから三月の終わりにかけて、ずっと雪がちらつくような日々が続くのだ。

「正直、一緒に出掛けてくれるとは思わなかったんだよね」

喫茶店《きっさてん》《ハザクラ》のテーブルで、悠は頬杖《ほおづえ》をついた。子どもっぽい仕草なのに、そう感じさせないのは、整った顔のおかげだろうか。

「だって、ずっと《ハザクラ》には顔出していないって言うから。戻ってきたときくらい、マスターに挨拶《あいさつ》すれば良かったのに」

「深月と違って、中学生くらいから来ていないんだよ？　気まずいでしょ？」

「悠に、気まずいとか、そういう気持ちが残っていたことにびっくりしている」

七瀬悠は、人懐こく、誰とでも仲良くなってしまう男だ。初対面だろうが、久しぶりに会う仲だろうが、嘘みたいに距離を詰めることが上手《うま》い。

「俺のことなんだと思ってんの。深月は、ずっと通っているんだっけ？　飽きないね」

「知り合いの店だからゆっくりできるし、コーヒーもデザートも美味《おい》しいんだもの」

「デザート？　アイスフロートくらいしかなかったと思うけど」

「いまは作れる店員さんがいるの」

「店員さん雇えるの？　土曜日だっていうのに、ががら」

悠は店内に視線を遣《や》った。客の姿はなく、テーブル席に深月たちがいるだけだ。

「ランチタイムが終わっているからだと思う。そもそも、夜の方が混んでいるし」

「なら、今度は夜に連れてきてよ。土曜日、休みなんだよね？」

「わたしが休みでも、悠は違うんじゃないの？」

「気にしないで。ずうっと休みだから」

「……さすがに、長くない？」

テーブルに置かれた悠のスマートフォンには、三月半ばの日付が表示されている。悠が町に戻ってから、すでに二週間ほど経過していた。

「んー、公表は、四月になってからの予定なんだけど。しばらく仕事を休ませてもらうことにしたんだよね」

一瞬、何を言われたのか理解できなかった。

悠が出演する予定の作品を、頭のなかに思い浮かべる。今期の連続ドラマ、映画、すべて撮影は終わっているのだろう。

おそらく、以降については、何も仕事を受けていないのだ。

「休業しちゃうの？」

動揺《どうよう》のあまり、声が震えてしまった。いちファンとして、彼の仕事を追いかけている深月にしてみれば、あまりにも衝撃的なことだった。

「期間は、事務所と相談中なんだけどね。一年か、二年か。どうしよっかな」

「一年も二年も？　ひとつも仕事受けないの？」

「仕事受けたら、お休みじゃなくなるでしょ？　いろいろ見直したいんだよ」

「見直すって、何を」

「人生を？　もう二十七だよ。今までたくさん仕事させてもらったけど、明日はどうなっているか分からない。このあたりで立ち止まって、自分を見つめ直すのも大事かなあ、と。顔だけ俳優は消えろ、って、ありがたいご意見もあるし？」

「あんなの、ただの妬《ねた》みなのに」

モデルあがりの俳優崩れ、顔と身体《からだ》だけで仕事をとっている。

そんな風に中傷されることもあるが、それは悠の芝居を見たことのない者たちの戯言《ざれごと》だ。一度でも演じている彼を見れば、好悪《こうお》はともかく、誰もが認めざるを得ない。

七瀬悠は天性の役者だ。どんな役柄も演じることができる、誰にだってなれる人だ。

「深月は、あいかわらず俺に甘いね。……憶えている？　昔の俺って、すごく愛想のない子どもだった。いつも無表情で、楽しいとか、悲しいとか、自分の気持ちが分からなかった。みんな人形みたいで不気味だって言うのに、深月は一緒にいてくれたよね」

「不気味だなんて。そんな風に思う方が、おかしいんだよ。悠は何も悪くない」

「そう？　俺がさ、そのことに悩んでいたとき。深月だけだったよ、一緒にどうしたら良いか考えてくれたのは」

「あんなの、一緒に映画を見ただけで」

深月の父親は映画好きで、家には小さなシアタールームがある。サラリーマンが趣味で造った部屋なので、映画館のようにはいかないが、それなりの設備が整っているのだ。

小さい頃のふたりは、そこで一緒に映画を見ることが多かった。

「深月は言ってくれた。楽しいとか、悲しいとか、そういう気持ちが分かんないなら、映画を見て真似《まね》しようって。そうしたら、いつか分かるかも、って」

幼い子どもが考えそうな、ありきたりな解決策だ。それを自信満々に伝えた自分を、縊《くび》り殺したい、と思ったことさえある。

悠は続ける。その先の言葉を聞きたくなかった。

「俺が俳優になったの、深月が理由なんだ。いっぱい演じたら、あの頃は分かんなかったものが分かる気がしたんだ」

きっと、何も知らぬ人が聞いたら、美談にしてくれる。

幼馴染《おさななじみ》をきっかけに俳優を志《こころざ》した青年を、情に厚く、義理堅いと褒めるだろう。

しかし、深月は純粋に喜ぶことができなかった。

悠の仕事を応援したい気持ちに嘘はない。

だが、心の奥底で、少女だった頃の深月が泣いているのだ。この町でずっと、悠と一緒にいたかった、と。

だから、深月は友人たちのように町を出ることができなかった。進学でも、就職でも、町を出る機会は山ほどあったというのに、すべて気づかぬふりをした。

とうに悠はいないと知りながら、悠との思い出にすがって、この町で息をしている。

捨てたはずの初恋が、じくり、と痛む。瘡蓋《かさぶた》が剝《は》がれて、傷口から血が流れるかのようだった。

そのとき、テーブルで悠のスマートフォンが揺れる。

「ごめん、電話みたい。ちょっと出てくる」

スマートフォンだけ持って、いったん、悠は店の外に出た。

ガラスケースの前に立つ彼は、時折、眉《まゆ》をひそめる。どうやら厄介《やっかい》な電話らしい。

「みーづきちゃん」

深月は肩を揺らした。《ハザクラ》の店員であり、友人でもある莉子が、楽しそうにテーブルに寄ってきた。

「ねえ、ねえ！　彼氏？　深月ちゃんが誰かを連れてくるなんて、はじめてだよね？　マスター買い出しに行っちゃったんだけど、戻ってきたら、びっくりするかも」

「彼氏じゃないですよ。あと、マスターはびっくりしないと思います」

「ええ？　もしかして、深月ちゃんの彼氏って、常連さんなの？　あたし、けっこう長く勤めているけど、見たことないんだけどなあ」

直接会ったことはなくとも、画面越しで見たことはあるはずだ。友人として、映画や舞台のDVDを貸したこともあるので、なおのこと。

「お友だち？」

電話を終えて、悠が席に戻ってくる。

じゃれるように深月の首に腕をまわしていた莉子は、まじまじ悠の顔を見つめた。

いつも染めていた黒髪は、地毛の明るい茶髪に戻っている。雑誌や映画等のように、それに見合ったメイクをしているわけでもなく、素顔そのものだ。

だが、気づく人は気づくだろう。

「七瀬悠？　幼馴染とは知っていたんですけど！　やっぱり、いまも仲良しさんなんですねえ。どうしよう、有名人を生で見られるなんて。今日クローズにしちゃう？　どうせ、客なんて来ないし」

「マスターに怒られちゃいますよ」

「あはは、お気遣いなく。東京にいると思われているんで、誰も気づきませんよ」

「そういうものですかね？　うーん、ほんとう綺麗《きれい》な顔、ご両親も美形なんでしょうね。深月ちゃんが夢中になるのも分かるなあ。この子、七瀬さんの出演作、やっぱいストーカーかな？　ってくらい、ぜんぶチェックしているんですよ。旅先でも情報拾っているし、お給料のほとんど使っているし」

「昔から、そうなんですよ。健気《けなげ》でしょう？　すごく」

当然と言わんばかりに、悠は笑った。外向けの笑顔は、雑誌や映像で見るものと同じ、誰もが好印象を抱くような完璧《かんぺき》なものだ。

「うわ。七瀬さん、応援してもらって当たり前って、思っていませんか？　そういうの、性格悪いですよ」

「そんなこと初めて言われました。俺って、明るくて、人懐こくて、驚くほど性格の良い男らしいので」

莉子は頬《ほお》をひきつらせた。

「……深月ちゃん。デザート奢《おご》ってあげるね」

「えっ、そんな悪いですよ。桃のタルトですよね」

「そうそう、桃のタルト。限定デザートのこと、もう教えたっけ？」

「えと、ポスター貼ってあったから？」

苦しまぎれに答える。三月の限定デザートが桃のタルトであることは、以前の巻き戻しで知った。十四回目、この三月では、まだ莉子から教えてもらっていない。

「あれかあ。良く気づいたね？　マスターが変な場所に貼るから、みんな気づいてくれないのに」

「美味《おい》しそうだなあって思っていましたよ。莉子さんのデザートで、美味しくないものなんてありませんけど」

「可愛《かわい》いこと言うね。四月になったら別のデザートになっちゃうから、桃のタルト、今のうちに食べてね。七瀬さんは、甘いものなんていらないですよね？」

「俺はコーヒーで。良く分かんないから、オススメのやつお願いします。あっ、深月のデザートも普通に注文させてくださいね。俺が払うんで」

「そういうの良いから」

「こんなときくらい奢らせてよ。ね？　初恋のお兄さんとして」

「悠！」

「七瀬さん、やっぱり性格悪いですよ。なんだか、イメージと違ったかも。深月ちゃん、困ったことあったら連絡してね？　お姉さんが、お友だちとして相談に乗ってあげる」

お盆を胸に抱えて、莉子は厨房《ちゅうぼう》に戻っていく。

「お友だち。深月にお友だちかあ」

深月は苦虫《にがむし》を嚙《か》み潰したような顔になる。

「友だちくらい、昔からいるもの」

「知っているよ？　でも、あの子たちとは、そんな仲良さそうには見えなかったから。むかしの深月って、悠、悠、って俺のことばっかりだったし。俺が一番だもんね」

「ナルシスト。自分で言うことじゃないよ」

「ま、俺が町を出てから、もう十年くらい経っているからね。深月に新しいお友だちがいても、ぜんぜん可笑《おか》しくはないんだけど。ちょっとだけむかつくし、寂しいなあって思っちゃうんだよね」

「……もう、やっぱり性格悪いよ」

莉子が桃のタルトと、コーヒーをテーブルに運んでくる。

エプロンにつけた《志野原《しのはら》》の名札が、お盆にのり上げている。そんなことに気づかないあたり、彼女も緊張しているらしい。

「邪魔して、ごめんね？　ごゆっくり」

深月にだけ聞こえるよう、莉子は囁《ささや》く。悠との関係について、大きな誤解があるような気がしたが、訂正《ていせい》する気力はなかった。

「それ。綺麗だけど、すっごく甘そう」

桃のタルトを指差して、悠は眉をひそめた。

レアチーズとシロップ漬けの桃を合わせたタルトだ。桃色の宝石を敷き詰めたみたいで、見目も鮮やかだが、たしかに甘さはあるだろう。

「甘いもの、いまも苦手なんだね」

「公言はしてないけどね。むかし、お菓子の広告モデルしていたし、今後もそういう仕事受けるかもしれないから。好きなものは言っても、嫌いなものは言わないんだよ。そっちの方が得だから」

数年前、悠は冬季限定チョコレートの宣伝をしていた。応募券を集めて貰《もら》えるブロマイドのため、あちこちコンビニを探しまわったことを思い出し、憂鬱《ゆううつ》になる。

結局、山ほどのチョコレートは、母親や莉子に食べるのを手伝ってもらった。

「これ、月替わりの限定デザートなの。四月に予定している桜のシフォンケーキは、たぶん悠でも食べられるよ。甘さ控えめで、コーヒーにもよく合うの」

莉子の作るシフォンケーキは、たいてい甘さ控えめだ。添えられた生クリームで甘さを調整するのが定番だった。

「四月になっても、一緒に来てくれるんだ?」

「それまで、悠が町にいたらね」

三月二十九日、七瀬悠は死んでしまう。

それを防いで、無事に春を迎えることができたならば、桜のシフォンケーキを一緒に食べても良いかもしれない。


喫茶店《きっさてん》《ハザクラ》を出る頃には、夕方になっていた。残念ながらマスターは買い出しから戻らず、挨拶はできなかったが。

「夕ご飯、何かな。晶子さん、なんか言ってた?」

「すき焼き。会社のイベントで、すっごく良いお肉を当てたみたい」

「やった。美味《うま》い肉って、いくらでも食べられるんだよね。こっち帰ってきて良かった」

深月が提案したとおり、悠は三月一日からずっと、夕食だけは橘家でとっている。食事中の雑談として、昼間は何をしているのか尋ねると、適当に答えてもくれた。

「帰ってきてよかった、って言うけど。ずっとホテルにいるんだよね？　疲れない？」

町に戻ってからの悠は、たいていホテルに詰めて映画を見ているらしい。日中は出勤している深月は、それが嘘か本当か判断できない。

嘘をついているとしたら、何か深月たちに隠したいことがあるのだ。そもそも、家に帰らず、ホテル暮らしを選んでいることも奇妙だ。

「ぜんぜん疲れない。時間あるうちに、いろいろ見ておきたいんだよね。いつか仕事に活《い》かせるときがくるだろうし」

「休業しちゃうのに？」

悠は足を止めてしまった。

はっきりとした二重《ふたえ》の奥で、太陽を透かしたようなアンバーの瞳が揺れている。不思議な色合いの瞳は、彼の母親とは似ていなかった。瞳だけでなく、顔立ちも、明るい茶髪も、母親とは掠《かす》りもしない。

悠は父親の話題を嫌がるので、一度も聞いたことはない。だが、悠の容姿は、蒸発した父親とそっくりなのだと思う。

「休業。そう、仕事は休まなくちゃいけなくて……」

悠は唇を引き結んだ。その先の言葉は、きっと出てこないのだろう。

「……散歩でもする？　せっかく帰ってきたんだから」

話題を変えて、深月は歩きはじめた。悠は困ったように視線を泳がせると、深月のあとを追ってきた。

「このあたりは、悠が町にいたときと変わっていないでしょう？」

喫茶店《ハザクラ》は、深月たちの家からは遠くないが、町中《まちなか》からは離れている。店やアパートは点在しているものの、良くも悪くも代わり映えしない。

「懐かしい。あの公園とか、よく深月のこと連れてってあげたんだよね。ジャングルジムに上ったら、下りられなくなっちゃって。もう、すごく泣いちゃってさ」

「遊んだ記憶はあるけど、それは憶えていない。いくつのとき？」

「深月が五歳のとき。俺、ぜんぶ憶えているよ。ちっちゃい頃の深月って、たくさん泣いて、たくさん笑って、めちゃくちゃ忙しい子だった」

「いまの悠みたいな？」

「そうかも。小さい頃、俺たちって真逆だったよね。あの頃の深月はさ、泣き虫のくせに、あっちこっちにふらふら行っちゃうから、目が離せなくて。憶えている？　あの神社を見つけたのも深月だった」

悠が指差したのは、公園の向こうにある小高い山だった。あの山の麓《ふもと》には、誰も管理していない寂れた神社がある。

――最初に悠が死んだとき、深月が向かった場所だ。

荒れ果て、境内《けいだい》に山桜が一本あるだけの神社だ。人が寄り付かないので、子どもの頃、秘密基地のように使っていた。

「あそこの桜、いまも咲いているの。知ってた？」

「え。あんな古い桜なのに？」

「今年は、まだ蕾《つぼ》んでもいないけど。春になったら、あいかわらず綺麗《きれい》だよ」

「そっか。深月と一緒じゃないと、あんなとこ行かないからなあ。桜を見るなら、もっと良い場所いっぱいあるし。自然公園とか、《お姫《ひめ》さん》とか」

桜だけが有名な町なので、桜の名所と呼ばれる場所もいくつかある。

ただ、あの寂れた神社は違う。そもそも、誰も管理していない廃墟に、神様はいるのだろうか。神社と呼ぶことが正しいのかさえ分からない。

桜の美しい神社ならば、町の中心にある大きな神社――町民が《お姫さん》と呼ぶ場所があるのだ。初詣《はつもうで》も参拝も、その他の用事でも、町の人々は《お姫さん》に足を運ぶ。四方八方を桜に囲われた、春になると風情《ふぜい》のある神社で、最近ではＳＮＳ映えを求めて、余所《よそ》から若い子たちも訪れる。

「俺、《お姫さん》にも長いこと挨拶行ってないんだよね。四月になったら、深月が連れていってくれない？　桜が咲いた頃に」

四月。喫茶店《ハザクラ》の桜のシフォンケーキも、《お姫さん》への参拝も、すべて春が来てからの話だった。

その春が、ずっと来ていないことを伝えたら、悠は笑い飛ばすだろうか。きっと冗談だと思って、まともに取り合ってくれない。

(三月が巻き戻っていることは、わたしだけが知っている。だから、仕方ないこと。春の話をするのは、悠に悪気があるわけじゃない。けれども)

何度も悠の死を見てきた深月には、あまりにも残酷《ざんこく》だった。

「ねえ、悠。どうして帰ってきたの？」

三月の巻き戻しは、必ず一日の朝から始まる。悠が町に帰ってきたときが始まりなのだ。巻き戻しの原因は分からないが、悠の帰郷と無関係とは思えない。

ずっと不思議だった。どうして、悠が町に戻ってきたのか。

「《ハザクラ》でも言ったよね？　仕事を休んで、人生を見つめ直したかったんだ」

「本当に、それが理由なの？　休むだけなら、帰ってくる必要ないよね。東京で休養している方が、ずっと簡単だったでしょう？」

「帰ってきてほしくなかった？」

「そんな意地悪なこと言っていない」

　気まずそうに、悠は前髪をかきあげる。

「深月は、いつも会いに来てくれた。だから、今度は、俺が会いに行こうって思っただけなんだよ」

「……？　わたし、ずっと悠と会っていなかったよ」

「面と向かってなら、そうだろうけど。でも、舞台とか、いつも観にきてくれた。はじめて主演したときから、客席に深月がいることは知っていたんだよ」

「《尾を喰らう蛇《ウロボロス》》？」

　深月のいちばん好きな舞台作品だ。

　悠がはじめて主演を務めたものであり、三月を繰り返すようになってからは、よけい意識するようになった作品だった。

　いまの深月と同じように、巻き戻った時間を生きる男の物語である。

殺された恋人を救うため、男は何度も時を遡《さかのぼ》った。

「舞台に立っているとき、深月が見てくれるから何も怖くなかったんだ。あの舞台だけじゃない、ずっとそうだった。深月がいるから、この仕事を続けることができた。頑張ることができる。……だから、帰ってきたくなった。君に会いたかった」

目の前が、怒りで真っ赤に染まった。

あまりにも無神経な言葉だ。それは満足のいく仕事をするため、深月を利用している、という意味に他ならない。

「会って、約束を確かめたかったの？　ずっと見てくれるよね、って。また、あんな呪いみたいな約束を残すつもりなの」

「深月？」

「わたし、もう二十四だよ。悠との約束を守って、いつまでも悠のこと見て。それで、わたしに何が残るの？　なんにも残らない。ずっと惨《みじ》めで、苦しいまま」

どれほど見つめ続けても、悠が振り返ってくれることはない。そうと知りながら、いつまでも約束に縛《しば》られる苦しみなど、きっと悠は理解しない。

初恋の傷が、いつまでも癒《い》えない。

まるで呪いのように、深月の人生に影を落としている。

（違う。これは、わたしが勝手に傷ついているだけ。約束を守ることだって、自分で決めたこと。悠のせいじゃない）


頭では分かっていながらも、気持ちが治まらない。

何処《どこ》にも行くことができず、この町に縛られている。過去に囚われたまま生きてきた、その惨めさが込み上げてくるのだ。

「でも、約束は約束だ」

ふたりの間を、冬の冷たい風が吹き抜けた。しんしんと降りはじめた雪のなかで、悠は不思議そうな顔をしていた。

小さな子どものような、ひどく純粋で、それ故に残酷なまなざしだった。

「深月が惨めでも、苦しくても、そんなこと約束を破る理由にはならない。ずっと、俺のこと見ているんだよ」

「悠のことを見てくれる人は、たくさんいるでしょう？　それが、わたしである必要はないもの」

悠は溜息をついて、それから深月の肩を抱いた。あまりにも自然で、いやらしさの欠片《かけら》もなくて、拒《こば》むこともできなかった。

ふわり、と香水の匂《にお》いがした。昔は、香りがつくものを苦手としていた男なのに、その香りはすっかり馴染んでいる。

花開いたときの、桜の香りとよく似ていた。

ほとんど香りのしない染井吉野《そめいよしの》ではなく、寂れた神社にそびえる山桜の香りだ。三月の巻き戻しが始まるとき、いつも感じる匂いだった。

「俺のこと見ている人たちは、たくさんいるよ。そういう仕事だから。――でも、俺を俺にしてくれるのは、深月だけ。君が見てくれるから、俺は七瀬悠になる。君が望んだから、こんな風になったんだよ」

「なに、それ」

「寂しかった？　俺が町に戻らなくて」

囁《ささや》く声が、毒のように脳髄《のうずい》を冒した。

立っていることもできないほど、全身から力が抜けていく。しかし、悠の腕が、崩れることさえ許してくれない。

「人は見たいものしか見ない。見せたいものしか見せない」

だから、その人を形作るのは、他者の視線なのだ、と悠は言う。

誰かを見つめることで、相手を自分の理想の姿にする。誰かに見られることで、相手の望む自分になっていく。

「忘れちゃダメだよ。モデルの七瀬悠も、俳優の七瀬悠も。君の幼馴染《おさななじみ》の俺だって。ぜんぶ、君が望んだから、こんな男になったんだよ」

七瀬悠は人形のような面《おもて》に、ほんのわずかに笑みを刷《は》いた。

人懐こくて、愛想のよい青年の顔ではなかった。誰も知らない、おそらく深月だけが知っている悠だった。

◆◆□◆◆

橘家を訪れた悠は、玄関先で足を止めた。

深月は、もう仕事から戻っているだろうか。インターフォンを押して、中に入るだけなのに、どうにも据わりが悪かった。

（さすがに、怒らせちゃったかな？）

この前の土曜日、喫茶店から戻ったあと、深月は機嫌悪そうにしていた。

そもそも、悠が町に戻ってきただけで、彼女にとっては相当なストレスなのだ。そうなると分かっていたから、彼女は数年にわたり、悠と顔を合わせなかった。

大学の課題、友人との旅行、とにかく理由をつけて、悠から逃げたのだ。

誰が好きで、自分を振った男に会いたいと思うだろうか。まして、振ってすぐ、町から出ていった男だ。

深月からしてみれば、どうしようもなく薄情な男だった。

そんな男に振り回されて、少女時代から現在に至るまでの時を浪費した。深月の怒りは当然のことだった。

（でも、約束は約束だ。守ってもらわないと困るんだ）

『約束。ずっと、俺のこと見ていて』

幼い日のことを、今でも鮮やかに思い出すことができる。

――薄紅《うすべに》の花が散りゆく、美しい春のことだった。

いつもと違って、泣いたのは悠の方だった。

あのときの悠は、普通の子どもになりたかった。けれども、どうしたって、そんな風になれないと諦めていた。

嬉しい、悲しい、そういった感情が良く分からず、表現することもできなかった。にこりともしない悠を見て、生い立ちのせいだ、と嘲笑《あざわら》った人間もいた。悠を養うために忙しくしていた母にも、面倒をみてくれた橘家の人にも、ずいぶん心配をかけた。

あの頃の悠は、顔の造りだけ立派なお人形だった。

そのことが、どうしようもなく苦しくて、惨めで、打ちのめされていた。

『良いよ、約束。ずっと見てあげる。悠が、悠の苦しくない、なりたい自分になれるように。だから、泣かないで』

深月は小指を絡めて、指切りをしてくれた。

その約束が、どれだけ悠の支えになったか、深月は知らない。

約束に縛られて、いまも苦しんでいる深月の気持ちを、悠が分かってあげられないのと同じように。

ふと、後方から車のブレーキを踏む音がした。

振り返って、悠は苦い気持ちになる。色あせたボディの車から、醜悪《しゅうあく》な視線を感じとった。

「こんなところまで、何の用ですか?」

橘家から離れるように、道路の中央に出た。外灯の下に停まった車から、毎日のように見慣れた顔が現れる。鏡写しのように、悠と瓜二《うりふた》つの顔だ。

（本当、嫌になっちゃうよね）

あの子が、約束を守って、ずっと見てくれていたのに。だから、自分は真っ当な人間になれた。そう信じて、今日まで生きてきたというのに。

まだ、悠は人間の成り損《ぞこ》ないで、お人形のままなのかもしれない。

だから、こんな目に遭《あ》ってしまう。

◆◆□◆◆

深月は残業を終えて、自宅最寄りのバス停で降りる。

遠目に、二つの人影を捉えた。家の前にある道路で、誰かが言い争っていた。

(悠?)

片方は、どうやら悠のようだ。

そう思った瞬間、悠が思いきり殴《なぐ》られた。

殴った相手は、何かを言い捨て、近くに停めてあった車に乗りこむ。深月が立っている場所とは逆方向に、車は走り去った。

通勤鞄《かばん》を抱えて、深月は家の前まで走った。

「悠! ねえ、大丈夫?」

雪道に座り込んだ悠と、視線を合わせる。頬《ほお》が真っ赤になっているが、頭などは打っていないらしく、意識もはっきりとしていた。

「大丈夫だよ、ちょっと殴られただけだから。でもさ、こんな綺麗《きれい》な顔を殴るって、酷《ひど》くない？　商売道具なのに。嫌になっちゃうよ」

「ちょっと殴られただけって。ぜんぜん大丈夫じゃないよ」

思い返すと、一度目の巻き戻しのときも、悠は同じように誰かと揉《も》めていた。今回の男と同一人物かもしれない。

巻き戻される三月は、まったく同じ出来事が起きているわけではない。少しずつズレが生じ、深月もまったく同じ一か月を過ごしているとは言い難い。

だが、当然のように、共通するところもある。

悠が誰かと揉めているのは、おそらく、どの巻き戻しでも起きている出来事だ。

「あの人、誰なの？」

あの男が、悠の死因に関わっている可能性は十分あった。悠と男の間に、何かしらのトラブルが発生している。

「知らない人？」

「ふざけないで」

この言い方は嘘をついている時の悠だ。確実に面識がある。悠は相手の正体を知っているはずだ。

「本当、知らない人なんだよ。興味もない。俺の人生には一ミリも関わってほしくない人。可哀《かわい》そうでしょ、そんなのに因縁《いんねん》つけられてさ」

事情を明かすつもりはないのか、悠は薄っぺらな言葉を吐く。

「悠が町に戻ってきたの、あの人が原因?」

悠は答えなかったが、沈黙こそ答えだった。

「わたしには教えてくれないの? ずっと見ていて、なんて言ったくせに。肝心《かんじん》なところで黙るのは卑怯《ひきょう》だよ」

「ここで約束のこと持ち出すわけ? あんな怒っていたくせに」

深月は眉《まゆ》をひそめて、真っ赤になった悠の頬に触れた。

「怒っているけど、それとこれと話は別なの」

独りよがりの怒りより、優先しなくてはならないことがあった。

悠の死を防いで、春を迎える。そうしなくては、永遠に、この三月に閉じ込められてしまう。

「深月にだけは言いたくないんだ。これ以上、失望されたくない」

蚊の鳴くような声だった。迷子になって途方に暮れる、子どもの顔をしている。

「わたし、失望したなんて言った?」

「言ってないけど、言われなくても分かるって。深月がファンでいてくれるのは、モデルの七瀬悠で、俳優の七瀬悠。そうでない俺には価値がない」

どうして、そのような勘違いをしているのか、理解できなかった。

深月が好きになったとき、悠はモデルでも、俳優でもなかった。幼馴染の男の子に、深月は恋をしたのだ。

捨てたつもりだったのに、捨てることができなかった。呪いのような初恋だ。

「ねえ。いまも、俺のこと好き?」

この男は、深月に恋をしてくれないのに、深月に失望されたくないと言う。想いを返すつもりはないのに、深月の想いは求める。

悠の顔を見つめるだけで、精いっぱいだった。何も答えたくなかった。

(悠を助けたいのは、悠が死んでしまうと春が来ないから。間違えちゃいけない。悠のことが好きだから、悠に生きてほしいわけじゃない)

自分に言い聞かせるよう、心のなかで何度も繰り返す。

何も言わない深月にしびれを切らしたのか、あるいは諦めたのか。悠は立ちあがって、深月たちの家から遠ざかっていく。

堪らず、その背を追いかけたとき、灰色の空から冷たい雪が降りはじめる。鞄から折り畳《たた》み傘を取り出して、ほとんどぶつかるように、彼の頭上にかざした。

身長差のせいで傘は届かず、悠の茶髪にあたってしまう。

昔は、その身長差を遠いと思ったことはなかった。けれども、いまは遠く感じられる。悠が、遠い場所に行ってしまったからだろうか。

「……ちっちゃいね、あいかわらず」

悠はそう言って、深月の手から傘を奪った。そのまま傘の下に隠すように、深月の肩を抱き寄せる。

そのせいで、悠がどのような顔をしているのか分からなかった。


悠に連れてこられたのは、町の北部にある寂れた神社だった。

小さい頃、ふたりで秘密基地にした場所だ。懐中電灯代わりにスマートフォンを光らせて、ふたりは境内《けいだい》に入った。

朱塗りの剝《は》がれた鳥居、崩れそうな社《やしろ》には見向きもせず、悠は山桜の前に立った。

「本当に、枯れていなかったんだ。——知っている？　桜は、恋を叶えるんだって」

悠は何かを確かめるように、山桜の幹に触れた。

皺《しわ》だらけの大きな桜は、深月たちには想像もつかないほどの歳月を刻みながら、いまもこの地に根を張っていた。

「それは、《お姫さん》にある桜のことでしょう？」

町中《まちなか》には、住民が《お姫さん》と呼ぶ神社がある。恋愛成就《じょうじゅ》で有名な神社で、それを売りに外からの参拝客を呼び込んでいた。

昔から、この町に伝わる物語があった。

遠い昔、京《みやこ》を追われた姫君が、この地に落ち延びた。好いた相手とも離れ離れになり、毎日泣き暮らしていた彼女は、御山に咲いた桜に願ったという。

——どうか、私の恋を叶えてほしい、と。

哀しむ姫君を憐《あわ》れんで、桜は彼女の願いを叶えた。姫君は末永く、恋しい人と幸せに暮らしたという。

その物語にあやかって、あの神社の桜に願えば、必ず恋が叶う、といわれた。

「どうかな？　《お姫さん》の桜じゃなくて、ここにある桜が、恋を叶えてくれる桜なのかも」

「まさか。こんなとこに咲く桜に、ご利益《りやく》なんてないよ」

この桜が、本当に恋を叶える桜であったならば——。

少女だった深月の恋は叶ったはずだ。この男に振られることもなく、この男の隣で、幸せに暮らす日々があった。

自分勝手な感傷と知りながらも、そう思わずにはいられなかった。

「ご利益なんてない、と思っているくせに。あの御守りには、桜を詰めたんだね」

はっとして、深月は息を止める。

御守り。悠が町を出るとき、深月が渡したものだった。

「中身、見たの？」

「うん。桜の押し花が、ぎっしり。俺、今も大事に持っているよ。深月が作ってくれたものだから」

「あんな気持ち悪いもの、捨ててくれてよかったのに」

山桜の花弁を使って、布を薄紅《うすべに》に染めた日を思う。巾着《きんちゃく》状に縫《ぬ》って、中身には御札の代わりに桜の押し花を詰めた。

そうして、すべて閉じ込めるよう、桜の刺繍《ししゅう》を施《ほどこ》した。

深月にとって、最初で最後の刺繍だった。

どうしたって悠を思い出してしまうから、あれ以来、刺繍にだけは手を出していない。

埃《ほこり》を被《かぶ》った刺繍道具は、いまもクローゼットの奥に仕舞われたままだ。

町を出ていく悠に、どうしても渡したかった。東京に行ってからも、ほんの少しで良いから、深月のことを思い出してほしかった。

無残にも散った初恋、その残骸《ざんがい》をかきあつめて、一針、一針と縫った。

恋しいのか、呪わしいのかさえ分からないまま、悠を好きな気持ちに押し潰されそうだった。

あのときの惨《みじ》めさが、生々しくせり上がってくる。

(終わってしまった初恋？　何も終わっていない)

今もまだ、深月は悠への恋を引きずっている。癒《い》えることのない傷のように、あるいは解けることのない呪いのように、繰り返し思い出す。

「あの御守りのおかげで、いまも約束が守られているんだって。深月は、いまも俺のこと見てくれるんだって、信じることができた。だから、捨てられなかった」

『約束。ずっと、俺のこと見ていて』

幼い日、悠は泣きながら約束を強請《ねだ》った。

指切りした左の小指が、獣に食いちぎられたかのように痛い。

遠い日の約束にすがったのは、きっと深月の方だった。諦めたふりをしていただけで、本当のところ、ずっと焦がれ続けていた。

だから、悠の死が許せなかった。彼のいない春を拒《こば》んだ。

(終わらない三月は、わたしの願いでもあった。悠が死ぬくらいなら、春なんていらないと願った)

どうして、悠が死んで、三月が巻き戻ってしまうのか分からない。この不可思議な事象の原因など、考えたところで確かな答えはない。

けれども、もしかしたら、と想像する。深月が願ったから、三月を繰り返しているのではないか、と。

——神様、どうか。悠のいない季節を奪って。

深月の願いを、この桜が叶えてくれたのかもしれない。悠が死んだ夜、この桜だけが深月の願いを聞いていた。

「ずっと見ているよ。悠が、そう望むのなら。だから、ね」

深月は山桜を見あげた。まだ蕾《つぼ》んですらいない桜は、枝に降り積もった雪のせいで、まるで花開いたかのようだ。

ずっと訪れることのない春を、思い起こさせるように。

「東京に帰りなよ。わたし、この町からずっと悠のことを見ている。あなたが、ちゃんと立っていられるように」

左手の小指で、そっと悠に触れる。子どもみたいに短い小指が、大人になってしまった彼の小指と繋《つな》がった。

嘘か真か、深月に会うために、──遠い日の約束を確かめるために、彼が戻ってきたというならば。もう一度、深月が約束することで、悠が町にいる理由は消える。

この町を出たら、きっと悠は死なない。三月二十九日、彼の命日を越えることができるだろう。

悠には、生きて、笑っていてほしかった。たとえ、隣に深月がいなくとも。

◆◆□◆◆

そうして、三月二十九日は訪れた。

残業を終えて、深月は夜のバス停に立つ。

(悠は、もう東京に帰ったかな)

あの日から、悠が橘家を訪れることはなかった。母は寂しそうにしていたが、東京に戻ったと言ったら、仕方ないね、と笑った。

胸の痛みに気づかないふりをして、深月は頷《うなず》いた。

悠が生きて、春が来ることが正しい。たとえ、もう彼が町に戻らないとしても、生きてくれるならば、それが最善だった。

巻き戻しの三月は、これで終わるはずだ。

「莉子さん？」

コートのポケットから、スマートフォンを取り出す。通知画面に、莉子からのメッセージが表示されていた。

『相談したいことがあるの』

昼休み、そんな風にメッセージが入っていたので、深月は帰りの時間を伝えた。遅い時間になるが、帰宅後なら通話できる、と。

気づかなかっただけで、続きのメッセージがあった。

『七瀬さんのことなんだけど』

(悠のこと？)

メッセージに気をとられて、深月は背後から迫っていた車に気づかなかった。

まばゆい車のライトに、一瞬、何も見えなくなった。

ただ、車がこちらに迫っていることだけは分かった。バス停の陰から飛び出してきた誰かが、深月の身体《からだ》を突き飛ばす。

雪道にタイヤが擦れる音、地面に打ち付けた背中の痛み。

気づいたとき、すべて終わっていた。

最初に、悠が死んだ日と同じだった。真っ白な雪に、花開いたみたいに、赤い血が飛び散っていた。

その中心で、悠が倒れている。

這《は》いずるよう、深月は悠のもとへ向かう。

痛みのせいなのか、それとも別の理由があるのか。虚《うつ》ろになった悠の瞳に、薄っすら涙の膜《まく》が張って、琥珀《こはく》色に輝いている。

形の良い唇が、ほんのり笑みの形を作っている。後悔《こうかい》など遺《のこ》さず、彼は微笑《ほほえ》んだまま逝《い》ったのだ。

「悠」

どうして、いつも彼は満ちたりた顔で死んでいく。死ぬ間際さえも綺麗《きれい》なのは、何の未練もないからなのか。

冷たくなった悠を抱きしめて、深月は泣きじゃくった。

淡雪の降る、三月二十九日の夜のことだった。

十四回目の告別式。

葬儀場の棺《ひつぎ》を見て、耐えきれず、深月は蹲《うずくま》ってしまった。尋常《じんじょう》ではない様子に、式が終わらないうちに、帰りを智里に促されてしまう。

おぼつかない足取りで、深月は帰路に就《つ》いた。

(大丈夫。きっと、また巻き戻ってくれる。十五回目がある。次は間違えない)

心のなかで、何度も自分に言い聞かせた。必ず次の巻き戻しがあるはずだ。そう信じなくては、まともに立っていることもできなかった。

三月二十九日、悠は殺される。その二日後、告別式の夜に時間は巻き戻る。

(本当に？　本当に、巻き戻ってくれる？　ここで終わって、悠のいない春が来てしまったら、どうすれば良いの？　巻き戻しの原因なんて、誰も分からない。この巻き戻しが、ずっと続いてくれる保証はない)

これは悠が生き残るまで、無限に巻き戻っていく三月なのか。

それとも、最初から、回数制限のある巻き戻しなのか。

「……七瀬の家に、ご用ですか？」

自宅前の道路に人が立っていた。じっと、向かいにある七瀬の家を見つめている。

最初は、いつかの巻き戻しのように、莉子が駆けつけてくれたのかと思った。だが、明らかに姿は男性のものだった。

年齢は、四十代半ばから後半くらいだろう。深月や悠の母親たちより、少し下といったところだ。

ぞっとするくらい、美しい男だった。

それなりの歳月を刻んだ顔は、皺《しわ》のひとつとっても、彼の美しさを損《そこ》なう理由にはならない。太陽を透かしたようなアンバーの瞳が、何処《どこ》か浮世離れした雰囲気《ふんいき》を醸《かも》している。

だが、その美しさよりも印象的だったのは、面差《おもざ》しだった。

（悠と、そっくり）

悠が年を重ねると、きっと男と同じ姿になる。

「ここの娘か？　母親に似ていないな。智里はもっと良い女だったと思うが」

悠の家を指差して、男はくつくつ笑う。顔立ちは悠とそっくりだが、皮肉げな表情だけは、似ても似つかなかった。

「近所の娘です。ご用があるなら、別の日にした方が良いと思いますよ。しばらく戻りませんから」

「ご丁寧《ていねい》にどうも、葬式帰りのお嬢さん。辛気《しんき》くさい顔してんなあ。智里とは、さっきまで一緒だったのか？　なあ」

男はコートのポケットから、くたびれた煙草《たばこ》を取り出す。気だるげに火をつけると、世間話でもするように続けた。

「智里のやつ、東京にいるって話だったが。さすがに、あれの葬式くらいは帰ってきたのか？　息子だしな」

「どうして、それを？」

悠の訃報《ふほう》は、まだ報じられていない。所属事務所の意向で、告別式が終わるまで報道を抑えていた。新聞のお悔《く》やみ欄《らん》にも掲載せず、葬儀場でも名前を伏せるくらい徹底していたのだ。

「あ？　冗談のつもりだったんだが。本当に、あれの葬式だったのか」

男は煙草を吹かしながら、悠のことを《あれ》と呼んだ。道端の石ころを指すような言い方だった。

「冗談？」

「死ぬくらいなら、もっと金を寄越してから死ねば良いものを。あんな端金《はしたがね》、手切れ金にもならねえってのに。薄情だよなア、いちど金払って、縁を切ったつもりらしい。なあ、智里はいつ戻るんだ？」

「……帰ってください」

不審な男を、息子を亡くし、憔悴《しょうすい》している智里と会わせるわけにはいかない。

「いや、お前でも良いか？　近所の娘なんていうが、葬式に招かれるくらいなら、あれと親しい仲だったんだろ。女か？　それとも結婚でもしてんのか」

「あなた、誰ですか？」

「見ればわかるだろ。あれの父親」

「悠に父親はいません！」

物心ついたときから、悠は母子家庭だった。

悠の母親──智里は結婚していたが、悠が赤子の頃、夫は借金を残して蒸発した。

当時はデザイナーとしての仕事が軌道に乗っておらず、生活の苦しかった彼女は、そのとき故郷に戻ってきたのだ。

「父親だよ、血は繋がってんだから。ろくに金も出さないうちに、死にやがって。薄情な息子だと思わないか？　遺産のひとつやふたつ貰《もら》わねえと、割に合わないだろ」

殴《なぐ》られて、顔を腫《は》らした悠を思い出す。あのとき、悠は何も教えてくれなかった。父親のことを隠したかったのだ。

深月が知らなかっただけで、悠は父親の影に苦しめられていた。

「……っ、お金なんて。お金なんていらないって、智里さんは言います！　悠が生きてくれるなら、そんなものいらないって」

「金より価値あるものなんてねえよ。あれが死んでも、智里だって、悲しんだりするもんか。息子が遺した金で、楽して生きていくだけだ」

そのあとのことを、深月はよく憶えていない。言い争っているうちに、誰かが男から引き離してくれたらしい。

(何も知らなかった。悠は、きっと父親のことで苦しんでいたのに)

また、山桜の香りがする。視界一面の桜吹雪《さくらふぶき》が、すべてを呑《の》みこんでいく。あと何度、この香りを経験したら、春に行くことができるのか。

打ちのめされたまま、深月は三月一日に巻き戻った。

幕間　弐

桜に願えば、恋が叶う。

嘘か真か、遠い昔のこと。京《みやこ》で政争に敗れ、没落した公家《くげ》の姫君が落ち延びたのが、この町にある御山なのだという。

今でこそ、桜の町として知られる土地だ。しかし、当時は町中の桜も、御山の頂《いただき》から裾《すそ》野《の》を覆《おお》うような山桜も群生していない。

ただ、一本だけ、御山を守るよう古い桜があったという。

——その桜に、姫君は自らの恋を叶えるよう願った。

幼馴染《おさななじみ》と遊んでいた神社にある山桜こそ、昔話に出てくる桜なのかもしれない。そんな風に思いはじめたのは、三月が巻き戻るようになってからだった。

寂れた神社、そもそも神社と呼ぶことが正しいのかも分からない。町には、《お姫《ひめ》さん》のような大きな神社があるので、なおのこと。

けれども、この神社の桜だけが、自分の願いを聞いていたのだ。

目を瞑《つむ》ると、幼い日の記憶がよみがえる。

ひらり、ひらりと降る薄紅《うすべに》の花の雨のなかで、ふたり肩を寄せ合った。

「公家の姫君って、なあに？」

「お金持ちのお嬢様みたいな感じ？　逃げてきたお姫様は、好きな人とも会えなくなった。悲しくて、寂しくて、いつも泣いていた。だから、桜にお願いしたんだよ。どうか好きな人に会わせてくださいって」

「お姫様は、幸せになったの？」

「うん。ふたりは、死ぬまで一緒。ずっと幸せだったよ」

桜は、姫君の願いを聞き入れて、その恋を叶えた。

だから、桜に願えば、必ず恋が叶うと信じられている。

そんな伝承を、子どもの頃は信じていなかった。けれども、今は、もしかしたら、と思っている。

幼馴染が殺されて、それでも訪れてしまう春を憎んだ。幼馴染がいないならば、この初恋が報われることがないならば、春など永遠に来なくて良かった。

（神様、どうか。幼馴染のいない春を奪ってほしい）

そう願ったから、きっと終わらない三月を繰り返している。
散ってしまった恋を叶えるために、桜が時間を巻き戻しているのだろうか。

第三幕

いつだって、深月《みづき》の手は届かないのだ。

十四回目も、悠《はるか》は死んでしまった。

それ以降も変わらず、三月二十九日になると息絶えた。きちんと看取《みと》ることができたときもあれば、最期の言葉すら聞けなかったこともある。仕事を辞めて、悠の動きを見張っていたときですら、彼を生かすことができなかった。

どの巻き戻しでも、悠は満ち足りた顔で逝《い》ってしまう。

(頭が、おかしくなる)

もう、今が何回目の巻き戻しなのか分からない。

(違う。おかしかったのは、最初からわたしの方なの?)

深月は、永遠に覚めない悪夢を見ているだけで、現実は何も変わっていない。

七瀬《ななせ》悠は町に戻らず、いまも東京で仕事をしている。それを羨《うらや》み、恨めしく思うあまり、深月は心を壊してしまった。

　おかしいのは巻き戻る世界ではなく、それを認識している深月。あるいは、認識していることが間違いで、この巻き戻し自体が、すべて深月の妄想。

　そう思った方が、きっと楽になれる。

「悠」

　三月一日。何度目かも分からない朝、悠を駅まで迎えに行く。

　今度こそ間違えたくなかった。彼の生きている春が欲しかった。そうしなくては、この地獄から解放されない。

　三月二十九日、悠が死んでしまう日。

　どんな風に誘導しても、彼は町を離れてくれなかった。どれだけ願っても、口先だけで嘘をつき、町に残ってしまう。

（どうして、悠は町から離れない？　そもそも、どうして町に戻ったの）

　三月一日に帰ってきた彼は、二十九日に殺される。約一か月もの間、町に滞在して、かたくなに離れなかったことには理由がある。

　人生を見つめ直すため。

　深月に会うため。

それらは偽りで、本当は別の目的か、あるいはやむを得ない事情があるのだ。

悠の父親が現れたことも、無関係ではないだろう。彼らの間に、金銭的なトラブルがあったことは明白だ。華やかな世界にいる息子のことを、強請《ゆす》っているようだった。悠は父親のことを拒《こば》み切れず、町に逃げてきたのかもしれない。

「俺、夢でも見ている？　深月が迎えにきてくれるなんて」

「智里《ちさと》さんから、帰ってくるって聞いたから」

「母さんから？」

「ねえ、悠。しばらくホテルに泊まるつもりなんでしょう？」

「ああ、それも母さんから聞いたの？　実家の鍵《かぎ》、母さんに預けっぱなしなんだよね。スペアもないみたいだから、面倒だし、もうホテルで良いかと思って」

家の鍵くらい、それほど時間もかからず複製できる。智里に連絡をとっていたなら、すぐに手配してくれたはずだ。

だから、悠が実家に戻らないこと、ホテル暮らしを選ぶことには、別の理由がある。

「なら、うちに泊まったら？　悠の部屋、まだ残っているよ」

「俺の部屋、まだ潰してなかったんだ」

「うん。誰も使っていないけど、綺麗《きれい》にしてあるよ」

子どもの頃、悠は橘家《たちばなけ》に預けられることが多かった。互いに血の繋《つな》がった兄妹と勘違いしていた時期があるくらい、近しい距離で育てられた。

だから、深月の家には悠のための部屋が用意されている。使われなくなって久しいが、定期的に掃除《そうじ》はしてあった。

「良いの？　父親が単身赴任《たんしんふにん》中なのに、俺みたいなの招いて。間男《まおとこ》みたいじゃない？」

深月の父親が単身赴任中であることは知っていたらしい。この冬からのことなのに、ずいぶん耳が早い。

「今度、昼ドラでも出るの？　間男役で」

「出ないよ、しばらく仕事は休む予定だから」

「そっか」

「驚かないんだ？　休業すること」

深月は苦笑する。何度も巻き戻っているから、悠の休業に驚くことができなかった。悠にしてみれば、不自然な反応だったろう。

「休業するなら、やっぱりうちに来たら？　いくらでも居てくれて良いよ。お母さん、悠のお世話するの好きだし。うちなら、ゆっくりできるでしょう？」

「……深月がそう言うなら、しばらくお世話になろうかな」

何度目の巻き戻しか、もう忘れてしまった。だが、今度こそ間違えたくなかった。

◆◆□◆◆

巻き戻る三月を、すべて鮮明に憶えているか。

そう訊かれたら、深月は首を横に振る。

日常生活ですら、さして重要ではない情報は埋もれていくのだ。巻き戻れば、巻き戻るほど、記憶は零《こぼ》れていってしまう。ノートやスマートフォンにメモを残したこともあるが、消えてしまうので意味はない。

巻き戻ってしまえば、記憶以外、すべて三月一日までリセットされる。

頼りない記憶だけが、巻き戻る時間の証明だった。それなのに、すべてを憶えていることができないから、時折、怖くなる。

すべて深月の妄想で、本当のところ、時間は巻き戻っていないのではないか、と。

「おはよう」

深月がリビングに下りると、炬燵《こたつ》に入りながら、悠がテレビを見ていた。

「この番組、むかし悠も出ていたよね」

三月中旬。テレビでは、毎週土曜日に放送されている情報番組が流れている。俳優としての知名度が低かった頃、悠はモデルとして、この番組のコーナーをひとつ担当していた。

カメラマンと二人三脚で、バイクに乗って旅をするコーナーだった。行く先々の観光地を紹介しながら、西へ東へ、けっこうな距離を移動していた。

「よく憶えていたね。あのロケ、めちゃくちゃ大変だったんだよ。ぜんぜん知名度なかったから、何処《どこ》行っても、誰だよ、こいつ？　ってなるし」

そうは言いつつも、悠は誰とでも距離を詰めることが上手《うま》かった。初対面でも、相手が自分のことを知らなくとも、いつのまにか仲良くカメラに映っていたはずだ。

「悠が紹介した観光地、いくつか行ってみたんだよ」

「あー、いろんなとこ行ったから。女性でも行きやすい場所って、何処になるわけ？　温泉地とか？」

「温泉地も行ったよ。温泉には入らなかったけど」

「温泉、苦手だったっけ？　そんな感じじゃなかったのに」

橘家の旅行には、たいてい悠の姿もあった。温泉地に行ったことも多いので、彼は首を傾《かし》げている。

「温泉は大好きだけど。一緒に行く友だちが苦手なの」

莉子《りこ》との旅行では、そもそも温泉地に行くことが少ない。悠のロケ地を訪れたときも、温泉には入らず、別の宿泊地に泊まったくらいだ。

「温泉地で温泉に入らないって、どうなの？」

「神社とかもあるでしょう？　温泉入らなくても楽しかったよ、伊香保《いかほ》とか。ほら、悠も行った、縁結びの神様がいるところ」

「よく憶えているね、本当」

「何回も見たからね。悠の出る番組は、ぜんぶ録画予約してあるの。春からの連ドラもばっちり」

連続ドラマ等は、やはり放送している時期に追いかけたい。莉子には、後でＤＶＤ買うくせに、と言われたが、それとこれとは別の話だった。

「春の連ドラ、ゲストキャラだから一話しか出ないって。おかげで、番宣に呼ばれなくて済んだんだけど」

「そうなの？」

出演者一覧に名前があったので、てっきり全編通して出るものと思っていた。

「出っぱなしだと、炎上しちゃったかも。ＤＶで、奥さん殺しちゃう夫役だったから」

「……よく受けたね、事務所さん」

七瀬悠は、綺麗な顔のわりに、明るく人懐こくて、笑うと仔犬みたいに可愛《かわい》い。誰からも好かれるような好青年といったイメージが、すでに出来上がっている。

週刊誌などの下世話な記事を見れば、多少プライベートがだらしないことは分かるのだが、決定的にイメージを損なうほど《そこ》ではない。

だから、事務所としては、家庭内暴力を振るうような役は受けないと思っていた。

新人の頃は、それこそ狂気的な役柄も多かったが、今はイメージに瑕《きず》がつくことを避けている節があった。

「スケジュール的に、ちょうど良かったんだよね。休業前の仕事に。ゲストキャラだったから、撮影時間も長くないし」

「そういう理由なんだ。抵抗なかった？」

「ははっ、分かって聞いてるでしょ、それ。抵抗なんてあるわけないじゃん。売り方のイメージを気にしているのは事務所で、俺は、どんな役でも引き受けるよ」

悠にそのつもりはないのだろうが、傲慢《ごうまん》な言葉だった。どんな役でも引き受けるというのは、どんな役でも演じられる、という自信の裏返しだ。

「悠は、誰にだってなれるもんね」

悠のことを、真っ白なカンバス、といった演出家がいた。

悠がはじめて主演を務めた舞台——《尾を喰らう蛇《ウロボロス》》の演出をしていた人だ。何も描かれていない白い紙だからこそ、どんな絵も描ける、どんな役にもなれる。

その言葉は、正《まさ》しく的《まと》を射《い》ている。

子どもの頃から、悠は表情が薄く、人の心に疎《うと》いところがあった。鈍いと言い換えても良い。本人もそれを自覚して、悩んでいた節があったが、俳優業をするうえで、その悩みは利点に変わった。

もともと自分の感情が真っ白だったから、誰かの感情を吸収することが得意なのだ。

「そうそう。誰にだってなれるから、DVしている夫にもなれちゃうんだよね」

「どんな人だったの？　その役」

「最低のクズ野郎。そのくせ、殺したあと、妻のことを愛していた、なんて言っちゃうわけ。——殺してから、はじめて好きだった、愛していたって気づいたんだよ。そもそも結婚した理由が金のためだった時点で、いっぺん死んどけって感じだけど」

悠の演じた男は、顔が良く、口の達者な男だったが、子どもの頃から金に恵まれない人生を送っていたという。

そんな彼は、窮状《きゅうじょう》から抜け出すため、資産家の娘と結婚する。

　当然、結婚生活は幸せなものにならなかった。

　妻の向けてくれる好意に漬け込んで、理不尽な暴力を振るっていた男は、弾みで彼女を殺してしまった。

「ゲストキャラなんだ。恋愛ものとして、それだけで一本撮れそう」

「ミステリードラマだから、そもそも恋愛が主軸じゃないんだよね。俺は、探偵役の主人公に追い詰められる犯人。逮捕されそうになって、自殺して終わり」

　悠は人差し指を動かして、ナイフで自分の首を切るような仕草をした。おそらく、演じた役では、そのようにして命を絶ったのだ。

「結婚までしたのに、そんな結末になるの？　なんだか哀しいね」

　ドラマのことを、現実で引き合いに出すのは間違っているのかもしれないが、深月の認識では、結婚とは愛し合った二人がするものだ。

「深月は、ちょっと夢見がちだよね。晶子《しょうこ》さんたち、箱入りで育て過ぎたんじゃない？」

「ばかにしているの？」

「ううん、可愛いなあって。世の中の夫婦が、みんな愛し合っているから結婚したと思っているんでしょ。俺みたいなのと幼馴染《おさななじみ》で、よくそんな夢が見れるよね」

「それは。お父様のこと？」

七瀬悠の父親は、彼が赤子のときに借金を残して蒸発した。物心ついたときには、悠にとっての親は母だけだった。

この先も、父親を知らずに生きていく、と思っていたはずだ。

「お父様！　そんな丁寧《ていねい》に呼ばなくて良いよ、知らない人だからね」

知らない人。何回目かの巻き戻しでも、聞いたことのある言葉だった。

「この前、悠のお父さんだと思う人を見かけたの。そっくりだったから、最初、悠だと思ったんだけど」

見かけたのは、今回ではなく、以前の巻き戻しだった。だが、今回の巻き戻しでも、悠の実父は町を訪れているだろう。

「見かけても、近寄っちゃダメだよ。危ない人だから」

多少は動揺《どうよう》するかと思ったが、悠は変わらなかった。炬燵《こたつ》で蜜柑《みかん》を剝《む》きながら、さして興味なさそうにしている。

「トラブルでもあるの？」

「さあ？　対応とか、ぜんぶ事務所に任せているから。血が繋《つな》がっていても、俺の人生には関係ない人だ。興味もない。……今さら、どの面《つら》下げて現れたんだって話だよ。母さんには、ぜったい会わせたくない」

淡々とした声が、かえって悠の気持ちを表している。父親と向き合いたくない、興味を持ちたくない、と、悠は逃げている。

「でも。悠は何も悪くなくても。このままじゃ、ずっと付きまとわれるよ」

すでに火の粉《こ》は降りかかっている。以前の巻き戻しのことを思えば、放っておいても悪化するだけだ。

もしかしたら、父親のことが悠の死に繋がるのかもしれない。

「止めてよ、あいつの話は。……そんなどうでも良いことよりさ。せっかく帰ってきたんだから、どっか案内してよ。お休みなんでしょ？　今日」

「案内って。悠が住んでいたときと、そんな変わっていないよ？」

「そう？　《お姫《ひめ》さん》のあたりとか、久しぶりに行ってみたいんだけどな」

「でも、《お姫さん》は四月に……」

「四月？」

「ごめんなさい、何でもないの」

四月になったら、《ハザクラ》の桜のシフォンケーキを食べる。《お姫さん》のところに挨拶《あいさつ》に行く。

そんな約束を交わしたのは、いまの悠ではなかった。

「四月も行く？　べつに何回行っても良いじゃん。俺、四月だって、こっちにいるよ」

「今日出かけることは、もう決定事項なの？」

「え？　だって、深月、俺のお願いは断らないでしょ」

少しの疑いもなく、心からそう信じているらしい。

「悠って、やっぱり性格悪いよね」

「怒っちゃった？　蜜柑あげるから機嫌直して。はい、どうぞ」

悠は綺麗《きれい》に筋を取った蜜柑を、深月の唇に押しつけてくる。あいかわらず、平気で距離を詰めてくる男だった。

「……朝のうちに行って、すぐ戻ってこよう。悠のことで騒ぎになったら困るもの」

深月が折れると、悠は残りの蜜柑も食べさせようとしてきた。とりあえず剝いたものの、食べるのが面倒になったのだろう。

◆◆□◆◆

早朝の町には人気《ひとけ》がなく、いまだ眠ったままのようだった。お世辞《せじ》にも良い天気とは言えないので、朝の散歩をしているのは深月たちくらいだ。

「あれ。校舎変わったの？」

　県立高校の前を通りすぎるとき、悠は足を止めた。在校期間は被《かぶ》っていないが、悠と深月の母校である。

「新校舎になったの、悠が三年生のときだけど」

「本当？　こんな綺麗な校舎にいた覚えないんだけど。あんまり高校時代のこと憶えていないんだよね」

「さすがに忘れ過ぎじゃない？」

「だって、途中から出席日数ギリギリで、卒業式だって出ていないし。母さん、どんどん俺の仕事詰めていったから」

「智里さん、すごく張り切っていたもんね」

　悠がモデルとなり、俳優となったのは、智里がきっかけだ。

　ブランドの服飾デザイナーをしている彼女が、仕事の伝手《つて》を使って、悠を華やかな業界に押し上げようとした。

　悠が小中学生の頃は、義務教育ということもあり抑えていたのだ。彼が高校に進学してから、智里は何かに取り憑《つ》かれたかのように、息子を売り出すようになった。

「自分のことでもないのにね。でも、それが、あの人の生きがいだったんだよ。母さんは可哀《かわい》そうな人だったから」

悠は目を伏せて、生みの親を哀れんでみせる。

時折、深月は分からなくなった。

彼らの関係は、深月が生まれ育った橘家とは似ても似つかない。

智里は、悠のことを大事にしている。蒸発した夫のせいで、かなりの苦労を重ねたようだが、悠には金銭的な不自由をさせなかった。家を空けることは多くとも、多忙の合間を縫《ぬ》って、良き母でいようと努力していた。

しかし、一方では息子を華やかな世界に押し上げることに固執していた気もする。子どもの頃の悠は、好き嫌いも言わず、智里に言われるがまま仕事をこなしていた。

(ちっちゃい頃の悠は、智里さんのお人形みたいだった)

智里が贈ってくれたお揃《そろ》いのワンピースを着て、出かけたことがあった。本当の姉妹みたいで可愛かった、と《ハザクラ》のマスターは褒めてくれたが、大人になった今は、ある種の痛ましさを感じてしまう。

悠が着たくて、着たワンピースなら良かったのだろう。だが、あのときの悠は、望んであの格好をしていたのだろうか。

モデルも俳優も、悠が心から望んで、進んだ道だったのか。

「そんな怖い顔しないで良いよ？　母さん、べつに悪い人じゃないし。もういい大人だから、あの頃のことなんて、ぜんぶ笑い話だって。母さんも俺もね」

深月の額を小突いて、悠はおどけてみせる。

二人は高校を通りすぎて、駅前まで出る。土曜日なので、サラリーマンや学生の姿はなく、閑散《かんさん》としている。

ふと、深月は振り返った。

駅の裏手にある駐車場から、怒鳴り声が聞こえた。ワンボックスカーの陰に、若い男女が立っている。

（莉子さん？）

いつもと印象が違うので、すぐに気づくことができなかった。結わえている髪を下ろし、ピアスを隠した姿は、まるで別人だ。

遠目であるため自信はないが、一緒にいるのは莉子の夫だろうか。

「お友だち？」

深月の視線を辿《たど》って、悠は駐車場を指差した。

「うん。いちばん仲の良い友だち」

「俺、分かっちゃった。よく一緒に旅行している友だちだろ。妬《や》けちゃうなあ。盆も正月も、あの子と遊んでいたわけ。俺のこと、ほっぽり出してさ」

「……だって、悠と会いたくなかったから」

取り繕《つくろ》うこともできず、つい本心が零《こぼ》れてしまった。

時折、思うのだ。巻き戻る三月がなければ、悠とは疎遠《そえん》のままだった。時間の流れが、いつか呪いのような初恋を解いて、悠を忘れさせてくれたかもしれない。

「悠？」

彼は苦虫《にがむし》を噛《か》み潰したような顔になる。

「面と向かって言われると、けっこう傷つく。それで？　俺と会いたくなかったくせに。三月一日、どうして駅まで迎えに来てくれたの？」

悠を迎えに行ったのは、何度も経験した巻き戻しの結果に過ぎない。駅で捕まえることが、いちばん手っ取り早く、彼と関わる手段だと知っていた。

それ以上の理由はなかった。だが、悠にしてみれば、疎遠になっていた幼馴染《おさななじみ》が、突然会いに来たことになる。

「期待しても良い？」

何を期待したいのか、分からないほど鈍くはない。

この男は、深月の気持ちを問うている。いまも悠のことを好きなのか、と。

どうして、そのようなことを確かめたいのか分からない。十年近く前に振った幼馴染の好意など、煩《わずら》わしいだけだろう。

（悠が何を想っているのか、ぜんぜん分からない。何度も巻き戻っているのに、巻き戻るほど分からなくなる）

深月の思考を遮《さえぎ》るよう、また怒鳴り声が響いた。駐車場で、莉子たちが揉《も》めているようだった。

「お友だちのこと、気になる？」

「様子が変だから」

「たしかに、痴話喧嘩《ちわげんか》にしては物騒だ。でも、放っておいたら良いんじゃない？　他人のことなんだし」

「他人じゃないよ、友だち」

「そう？　でも、俺よりは遠い人だよね」

「……悠の方が、大事。そう言えば満足なの？」

要は、自分と一緒にいるときに、他人を優先させるな、と言っているのだ。

悠は傲慢《ごうまん》だった。当たり前のように、自分こそが深月の一番だと考えている。想いを返してくれないのに、深月の想いばかり求める。

「意地が悪かったかな？　お詫《わ》びに、仲裁《ちゅうさい》してくるね」

ためらいなく、悠は駐車場へ向かった。莉子と男の間に入ると、何を言ったのか分からないが、あっという間に二人を引き離してしまう。

五分にも満たない時間だった。

その場に莉子だけ残して、揉めていた男が駅に向かってくる。コートの下に紺地《こんじ》のスーツが見えて、サラリーマンなのだと知る。

「莉子さんの」

やはり、彼は莉子の夫だった。莉子の結婚式、旅行のため彼女を迎えに行ったときなど、何度か顔を合わせたことがあった。

「橘さん、ですよね？　いつも妻がお世話になっています。お見苦しいものを見せてしまったようで」

穏やかで、人の好さそうな顔のまま、彼は頭を下げた。さきほどまで、莉子に怒鳴り散らしていたことが嘘のようだった。

「いえ、わたしの方が莉子さんにはお世話になっているので」

「そうですか？　莉子って、抜けているでしょう？　人の世話どころか、自分の世話も満足にできなくて。俺がいないと、ダメなんですよね。……ああ、すみません。電車の時間なので」

　彼は足早にホームに向かう。土曜日の早朝から出勤とは、かなり忙しい人なのだろう。転職した、と莉子は話していたので、そのせいかもしれない。

　入れ違いで、莉子と悠のいる駐車場に行く。

「深月ちゃん？」

　思わず、ぎょっとする。叩かれたのか、莉子の手も指も赤く腫《は》れあがっている。

「指。大丈夫ですか？」

「そんな痛くないの。ちょっと機嫌悪かったみたいで。いつもは、そんなことないんだけれど。すごく優しい人だから」

　莉子は困ったように笑って、夫のことを庇《かば》った。そう言われてしまうと、深月には踏み込むことができない。

「俺、さき行っているね。あとで連絡して」

　気を遣ってか、悠はひとり《お姫さん》に向かった。

「ごめんね、変なとこ見せちゃって。あたしがちゃんとしていないのが悪かったの。――ねえ、深月ちゃん。さっきの人、七瀬悠？　あたし、はじめて会ったなあ。やっぱり実物の方が美人さんだね」

去っていく背中を見つめて、まるで夢見るように、莉子は言った。

髪の色が違っても、メイクのない素顔であっても、あの距離で接すれば、相手が誰なのか分かるだろう。

莉子は、深月たちが幼馴染であることを知っているから、なおのこと。

「ええ、と」

「誤魔化《ごまか》さなくて良いよ？　あのね、七瀬さんが町に帰ってきているのは知っていたの。マスターがそんなこと言っていたから。仲良しなのね」

「仲良しではないです」

「隠れて付き合っていたの？　ちょっと怪しいな、とは思っていたんだけど、深月ちゃん嫌がるだろうから、ずっと聞けなかったんだよね。……でも、教えてくれたら良かったのに。ぜったいに言いふらしたりしないよ。幼馴染同士なんて、少女漫画みたい。お姉さんにできることあったら、何でも言ってね。応援するから」

「誤解です」

「照れちゃった？　ほら、あたしは大丈夫だから、七瀬さんのとこ行ってあげて」

莉子は微笑《ほほえ》ましそうに目を細めた。誤解は誤解のままかもしれない。

「今度、お店に行きますね」

先ほどのこともある。夫婦の事情に踏み込むことはできないが、顔を見せて、気晴らしに付き合うくらいはできるはずだ。

「待っているね。深月ちゃん、ぜんぜん来てくれないから。三月は忙しいのかなって、心配していたの」

普段どおりなら、深月は月に何度も《ハザクラ》に通う。だが、この三月に入ってからは、一度も足を運んでいなかった。

巻き戻れば巻き戻るほど、悠の死を阻止《そし》することで頭がいっぱいになった。そうなると、今度は日常生活や友人関係が疎《おろそ》かになる。

思えば、莉子からのメッセージにも、まともに返事をしていない。

莉子にとっては、そう長い時間ではない。だが、何度も三月を巻き戻っている深月からしてみれば、別れて久しい友人と会ったような心地だった。

「桃のタルト、楽しみにしています」

「月替わりのデザート？　うん、美味《おい》しいの作っておくからね。良かったら、七瀬さんと一緒に食べにきて」

莉子と別れて、深月は《お姫さん》に向かった。

町中《まちなか》にある神社のことを、住人は《お姫さん》と呼ぶ。

正式な名前は別にあるのだが、通りが良いのはその呼び方だった。要は、昔話にあやかってつけられた愛称だ。

「懐かしい。最後に来たのって、小学生とかだったかな。お姫さん、なんて言われても、ぜんぜん分かんなくてさ。神社に変な名前をつけるなよ、って思ってたんだよね」

「桜に願って、恋を叶えたお姫さまがいたから、《お姫さん》でしょう?」

没落して、この地に落ち延びた公家《くげ》の姫君がいたという。好きな人とも別れることになり、泣き暮らしていた彼女は、御山の桜に願った。

好きな人に会いたい、この恋を叶えてほしい、と。

桜はその願いを聞き届けて、姫君の恋を叶えてやった。だから、桜に願えば、必ず恋が叶うと信じられている。

「むかし付き合っていた子が、ここに行きたいって、よく言ってたんだよね」

「それは、いつの?」

町にいた頃、悠は両手で足りない数の子たちと付き合っていた。

姿を見たことがあるのは、高校時代に付き合っていた彼女くらいだ。長く伸ばした黒髪が綺麗《きれい》な、背が高く、楚々《そそ》とした美人だった。

たった一度だけ、悠と彼女が一緒にいるとき、すれ違ったことがある。顔も声も忘れてしまったが、妹ちゃん？　と聞かれたことは憶えている。あのときの悠は、彼女の言葉を否定しなかった。

その人以外にも、存在だけなら何人も知っている。あまりにも短期間で相手が変わるので、二股《ふたまた》していたと言われても驚かない。

「んー、いつだったかな？　顔も思い出せない子たちのことなんて、忘れちゃった」

「忘れちゃった、って」

「いや、さすがに名前くらいは憶えているよ？　でも、顔なんて、もう分かんないって。……あのとき、なんで付き合っているのに、ここに来たい、なんて言うのか不思議だったんだけど。きっと、俺に気持ちがないのがバレていたんだろうね」

桜に願うのは、片恋に悩んでいる人間だ。好き合っている者たちなら、恋を叶えてください、と願う必要はない。

「俺、いっつも家族のことを優先してたから。産んでくれた母さん、可愛《かわい》がってくれた橘の御両親、……妹みたいな女の子。そんな人たちより大事にして、って言われても。難しいよね」

だから、長続きしない。耐えられなくなった相手から、別れを切り出される。

家族。子どもの頃から、悠はその関係にこだわっていた。彼にとって、恋人と家族は、天秤《てんびん》にかけるまでもなく、家族が優先される。

深月は知っていた。悠にとっての自分は、ある意味では特別な存在であったことを。恋人になれなくとも、妹として大事にしてくれたことを。

(でも。わたしは妹でいるのが嫌だった。他の女の子たちと同じで、好きだって気持ちを我慢できなかった)

目を瞑《つむ》ると、思い出してしまう。

薄紅《うすべに》の花が咲く季節、深月はこの男に好きだと言った。

言うつもりはなかったのに、気持ちが溢《あふ》れてしまった。大事にしてくれるのならば、妹ではなく、恋人として大事にしてほしかった。

けれども、少女だった恋は叶わなかった。

あの春に、深月の初恋は散ってしまったのだ。

◆　◆　□　◆　◆

夕方の喫茶店《きっさてん》《ハザクラ》は、ちょうど賑《にぎ》わいはじめていた。

「これ、晶子さんから頼まれていたやつ」

会社帰りの深月は、マスターからオードブルを受け取った。母親から夕食のお使いを頼まれたのは、昼休みのことだ。

父親が単身赴任《たんしんふにん》中のため、橘家の家事は、母と娘による分担だ。食事の用意は母がすることになっており、難しいときはテイクアウトする。

仕事で帰りが遅くなる母は、気を回して、マスターに頼んでおいてくれたらしい。

「ありがとうございます」

「おまけも入っているから、悠くんと仲良く、な。こっちに帰っているんだろ？」

「母から聞きました？」

「いや、莉子ちゃんから。旦那《だんな》とデートしているとき、ばったり会ったんだと」

悠と散歩していたときのことを思い出す。デートというには穏やかではなかったが、莉子はそう説明したらしい。

「莉子さんの旦那さん、マスターは会ったことあります？」

莉子とは、仲の良い友人のつもりだ。小中学校、高校の友人たちは町を出たので、莉子だけが、密に連絡を取っている相手だった。

ただ、莉子の夫については、ほとんど何も知らない。

基本的に、莉子は家庭生活のことを語らないのだ。独身の深月に気を遣っているのかと思ったが、本当は別の理由があるのかもしれない。

「会ったことはある。当時は旦那じゃなくて彼氏だったが。店まで様子を見にきたからな。ひどい心配性らしい。人当たりは良かったが、俺のこと疑っていた」

「マスター、任侠《にんきょう》映画とかに出てきそうだから」

「顔が怖いのは生まれつきだ。喧嘩《けんか》ひとつしたことないのに、勝手に百戦錬磨《ひゃくせんれんま》だぞ？　言っておくが、ボコボコにされるのは俺の方だからな。莉子ちゃんにだって負ける」

「そんな自信満々に言われても。莉子さんは、今日はお休みですか？」

「ああ。熱が出たらしい」

「大丈夫なんですか？」

「ダメだろ。旦那は忙しくて、他に看病してくれるような身内もいないはずだ。莉子ちゃんは結婚したから、町に残ったが。ご家族は県外に出ているからな」

そのあたりの事情は、深月も薄っすらと聞いていた。

「分かりました。帰り道、様子を見てきますね」

最後まで話を聞かなくとも、マスターの言いたいことは分かった。

「助かる。食べやすそうなもの詰めたから、お大事にって、伝えてくれ」

マスターから、莉子に渡すための紙袋を受けとる。

莉子のアパートは、何度か車で迎えに行ったことがあるので知っている。《ハザクラ》と同じ地区にある、比較的新しい物件だった。

三輪車やバイクの置かれた外廊下《そとろうか》を通って、角部屋に辿《たど》りつく。

表札にある志野原《しのはら》の文字に、一瞬、戸惑いが生まれてしまう。出逢《であ》ったときの莉子は結婚しておらず、苗字《みょうじ》も旧姓だった。その頃の印象が強いせいか、いまだに新しい苗字に慣れないときがある。

表札を何度も確認してから、カメラ付きのインターフォンを押した。

「深月ちゃん？」

莉子は起きていたらしく、すぐ扉を開けてくれた。

髪を下ろして、化粧《けしょう》をしていないからだろう。ずいぶん印象が違う。いつもは華やかで明るい美人といった雰囲気《ふんいき》だが、今日は花のように淑《しと》やかだ。

「さっき《ハザクラ》で預かってきたんです。マスターが、お大事にって言っていましたよ。熱は下がりました？」

マスターからの紙袋を渡すと、莉子は申し訳なさそうに肩を落とした。

「ごめん、気を遣わせちゃったね。風邪《かぜ》とかじゃなくて、疲れていたみたいで、ちょっと熱が出ちゃっただけなの」

莉子の顔色は、そこまで悪くない。熱が下がったことも嘘ではないだろう。

ただ、深月は、夫と揉《も》めていた光景を目にしている。仕事を休んだことも、それが関係あるのかもしれない、と思うと、このまま帰るのも心配だった。

「あがって、お茶くらい出すから」

莉子は苦笑して、深月を手招きした。

アパートの前まで来たことはあったが、部屋に入るのは初めてだ。夫婦二人で暮らすには間取りが広い。おそらく、子どものいる家庭を想定した物件なのだろう。

「旦那さんは、まだ仕事ですか？」

「転職してから、すっごく忙しいんだよね。いつも朝早いし、帰りも遅いの。今日とか、もしかしたら帰ってこないかも。……あっ、だからって、深月ちゃんのこと遅くまで引きとめたりしないから安心してね。あんまり遅くなると、七瀬さん心配するだろうし」

「悠が？」

「心配するでしょ？　彼女さんのことだし」

どうやら、まだ誤解が解けていなかったらしい。

「彼女じゃありませんよ」

「ええ？　あんなぴったりくっついておきながら？　どう見ても、そういう距離感だったと思うけど。誰が見ても思うよ。ああ、七瀬さんって、深月ちゃんのことが大事なんだな、好きなんだなって」

「本当に違うんです。莉子さんが思うような関係じゃなくて。前にも言ったと思いますけど、何年も会っていなかったんですよ」

「それ、ずっと嘘だと思っていたんだよね。相手が相手だから、迷惑かけないように隠していたのかなって。七瀬さん、テレビとかで妹の話するでしょ？　あれ、深月ちゃんのことだよね」

莉子が誤解していたのは、先日の話ではなく、ずいぶん長い期間だったらしい。

「毎年、お盆と正月に旅行しているの。あれ、悠と会いたくなかったからです」

莉子は納得したように手を叩いた。

「そういうこと。わざわざ、お盆と正月を選ぶくらいだから、家にいたくないんだなあ、とは思っていたけど。七瀬さんと会いたくなかったんだ？」

「……学生の頃、悠には振られているんです。気まずいじゃないですか」

莉子は目を丸くした。

「意外。あの人、来るもの拒《こば》まず、って感じがするのに」

あまりにも鋭い指摘だった。

「よく分かりましたね。基本的に、そんな感じです」

莉子は何かを考えるように、テーブルを指で叩く。先日の怪我《けが》が治っていないのか、まだ指は少し腫《は》れていた。

鍵盤《けんばん》を弾くように、大きな手が軽やかなリズムを刻む。

「お姉さんからの余計なお節介《せつかい》なんだけど。七瀬さんのこと、もう忘れた方が良いんじゃないかな？」

「やっぱり、わたしでは不釣り合いですよね」

「違う違う、逆なの。七瀬さんがクズ野郎だから、もっと良い人がいるよ、ってこと。深月ちゃんには勿体《もったい》ないよ」

深月は首を傾《かし》げた。逆はともかく、そんな風に言われたことはなかった。

「クズ野郎」

「振った幼馴染《おさななじみ》に優しくするっていうのが、もうクズの極《きわ》み」

ひどい言い様だった。

莉子は面倒見が良くて、心根の優しい人だ。軽口を叩くことはあるが、相手を傷つけるようなことは言わない。

彼女が、ここまで誰かを悪く言うのは初めてのことだった。

「優しくするのに、クズなんですか？」

「むしろ、優しくするからクズなの。こっちの望みなんて、ちっとも叶えるつもりないくせに、適当に優しくして、都合良く利用しているんだよ。深月ちゃんが拒絶しないって分かっているから、なおさら性質《たち》悪いよ」

「利用されてるって、思ったことは」

「ない？　それって本当に？　……前から思っていたんだけど、深月ちゃん、ちょっと異常だよ。お給料のほとんど七瀬さんに使って、出演作とか雑誌、びっくりするくらい細かくチェックして」

莉子の言うとおりだった。

巻き戻しが始まる前、深月は異様なまでに悠の仕事を追っていた。

幼馴染だから、応援しているから、そう言い訳しながら、恐ろしいほどの時間と気持ちを費《つい》やしてきた。

「あれって、深月ちゃんが望んでやっていたことなの？」

その質問に、深月は答えることができなかった。

莉子のアパートを出て、自宅へと向かう。彼女の言葉が頭から離れなかった。

ぽっかりと、足元に大きな穴が空いている気がした。

(そもそも。わたし、どうして悠を好きになったんだっけ?)

自宅の玄関先に人影を見つけて、深月は足を止める。

「悠?」

しかし、振り返ったのは悠ではなかった。

そっくりの姿かたちをしているが、悠より二十ほど年上だろう。四十代半ばあたりといったところだ。

美しい男だ。それなりに年月を刻んでいる横顔なのに、少しも老いを感じない。

「あれの妹か? それにしては、智里と似ていない」

覚えのある遣《や》り取りだった。

深月は男を知っている。悠にとって血縁上の父親にあたる人物だ。

あいかわらず、男は悠のことを《あれ》と呼ぶ。悠のことなど、金を生む道具くらいにしか思っていないのだろう。

「何か、御用ですか?」

「あれは帰っていないのか？　智里でも構わない。あれは智里に会わせてくれないんだ。夫婦なのに、酷《ひど》いだろう？　あんな端金《はしたがね》だけ渡して、手切れ金なんて言う。実の父親に向かって、薄情だと思わないか？」

「お帰りください。悠も智里さんもいませんよ」

「じゃあ、お前でも良い」

左腕を摑《つか》まれる。振り払おうとするが、びくともしなかった。

悠と同じ顔だ。恐怖を感じる必要はない。そう思っても、ダメだった。

（ぜんぜん違う。悠はこんな風に、嘲《あざけ》るみたいに、わたしを見ない）

「深月を離してください」

背後から伸びてきた腕が、深月を男から引き離す。外出先から戻ってきたらしい悠が、外向きの笑顔を浮かべていた。

「金は？」

「……あんた、それしか言えないんですか？　こんなところまで追いかけてきて、ご苦労様ですけど。もう事務所を通してください、そっちに任せているんで」

「俺の顔のおかげで稼《かせ》げたんだから、俺に還元するべきだろ」

「あなたに似た顔で生まれたことが、俺のいちばんの不幸です」

「智里は元気か？」

「さあ？　いま何処《どこ》にいるのか知らないので。あなたと違って忙しい人なんです。これ以上居座るなら、警察呼びますよ」

悠は吐き捨てながら、深月を玄関へと押し込めた。そのままドアが閉められて、まったく音が聞こえなくなった。

しばらくして、玄関が開く。男は去ったのか、悠ひとりだった。

「あの男、見かけても無視してって言わなかった？　なんで、一人で対応しているの。晶子さんもいないのに、危ないって」

「……ごめんなさい」

「いや、いちばん悪いのは俺だけどさあ。なんか言われた？」

「悠の妹だって、勘違いされたくらい……？　智里さんの娘にしては、ぜんぜん似ていないって。智里さん、しばらく町に戻らないの？」

「戻らないよう、お願いしているんだ。あの男が、この町まで来る可能性があったから」

七瀬悠に父親はいない。悠が赤ん坊だった頃、多額の借金を残して蒸発した。深月が知る限り、その後の七瀬家に、父親が現れることもなかった。

「お父さんのこと、聞いても良い？」

巻き戻る三月のなか、悠が父親と揉《も》めていたことは知っている。それが、金銭が絡むトラブルであったことも察せられる。

だが、悠の口から、何が起きているのか語られることはなかった。

「俺、すごく顔が良いでしょ？　とんでもない美人」

突然の言葉に、深月は面食らった。

「自分で言うこと？」

「だって、本当のことだし。顔が良くて当然なんだよ、母さんは《綺麗《きれい》な子》を産みたかったんだから」

悠は自分の顔を確かめるように、両手で触れていった。それから、力なくその場にしゃがみ込んだ。

「そういう意味でさ、母さんの男選びは大正解。さすが面食い。あの男さ、あんなくたびれた恰好《かっこう》だったのに、すごく良い男じゃない？　俺の父親なだけあるよね。びっくりするくらい似ているから、嫌になっちゃうよ」

悠は喉《のど》から絞《しぼ》り出すように言う。ほとんど表情は変わらなかったが、深月の目には、怒っているようにも、悲しんでいるようにも見えた。

「母さん、若い頃、モデルとか女優やっていたんだよ。すっごく頑張っていたみたい。ただ、いろいろあって挫折《ざせつ》しちゃって。それから、いま世話になっているブランドのデザイナーになったんだけど」

「知っている」

もしかしたら、悠よりも細かいことを知っているかもしれない。

深月の両親は、幼馴染として、智里の夢を応援していた。深月の家には、智里が活躍していた頃の映画のビデオや、写真集などが大切に保管されている。

深月の両親が悠のことを応援するのは、息子のように可愛《かわい》がっていたから、というほかに、智里の息子だから、という理由もあるのだ。

夢を追う智里を見ていたから、その夢を叶えた悠を応援している。

「母さんは、自分の叶えられなかった夢を、子どもに叶えてほしかったんだよ。だから、あの人が欲しかったのは、人生を共にする相手じゃなかった。ただ、夢を叶えるための《綺麗な子》が欲しくて、綺麗な顔の男を選んだだけ」

深月は屈みこんで、うつむく悠の背を撫《な》でる。自分よりも一回りも二回りも大きい男が、迷子になった子どものように思えた。

「べつに、それでも良かった。昔は悩んだけど、とっくに乗り越えている。母さんの夢だったから、モデルや俳優をしているわけじゃないし。きっかけは母さんだけど、もう母さんは関係ない。この仕事が、俺の誇りだから続けている」

「悠は真剣に向き合ってきたよ。ずっと見ていたから、分かる」

悠は顔をくしゃくしゃにして泣き笑った。

「なんで、今さら父親？　俺には関係ないことだって思いたかったのに、ダメだった。どうしたって、半分だけ血が繋《つな》がっている」

悠にとって、父親とは正しく《知らない人》なのだ。赤子の頃、借金を残して蒸発したような男に、息子としての情を抱けるはずもない。

「去年から、父親を名乗る男が、俺の周りをうろつくようになってさ。金を無心してくるようになったんだよ。……母さんと会わせたくなくて、関わってほしくなくて、手切れ金を渡した」

「悠の気持ちは分かるけど。そんなことしたら、もっと強請《ゆす》られるだけだよ」

「うん。今なら、それくらい分かる。でも、あのときは混乱して、とにかく関わりたくなかったんだ。まあ、だんだん要求がエスカレートしてきてさ。ヤバイことに足を突っ込んでいるみたいで、危うく警察沙汰《ざた》になりかけて」

そこで、ようやく事務所のガードが入ったらしい。以降、対応は事務所と弁護士が行っており、詳しくは悠も知らないという。

「そう。お父様のことがあったから、休業することにしたの？　人生を見つめ直すとか、わたしに会いに来た、とか。そういうのは、ぜんぶ嘘？」

「あっ、それ深月に言っちゃったんだっけ？　そっちも嘘じゃないんだよ。……ただ、父親のことも理由のひとつで」

「悠がホテル暮らしをしようと思ったのも、そのせい？」

「うん。結果的に、迷惑かけちゃったね。俺が出入りしているから、あの人、橘家が俺の家だと勘違いしたんだと思う。たぶん、また来るよ」

「わたしの心配は良いから、自分のこと考えてよ。……ねえ、悠。東京に戻ったら？　あっちの方が、きっと安全だよ。お休みすることは、東京でもできるんだから。悠に何かあったら怖い」

「心配してくれるんだ？」

「幼馴染だから、心配するよ。だって、」

「だって、家族みたいなものだから？」

深月は眉間《みけん》にしわを寄せた。悠の言葉は、わざとなのか、そうでないのか。

「家族みたいって言ったのは、悠だよ」

嫌なことを、連鎖的に思い出してしまう。

好き、と告白した深月のことを、悠は拒《こば》んだ。

家族のように、妹のように大事に想っている。今も昔も、この先の未来も、深月のことを恋愛相手に見ることはない、と言った。

ひどい男だった。未来のことまで持ち出されたら、希望を見出《みいだ》すこともできない。

深月の初恋は、絶対に叶わないと思い知らされた。

「家族って、いちばん確かな繋がりだ。恋人は別れたら終わりだけど、家族なら一緒にいられる。どんな形であれ、ずっと繋がっていられる」

生い立ちもあって、悠は《家族》というものに過度な憧れを持っている。恋などよりも尊《とうと》く、特別なものだ、と夢を見ている。

深月の脳裏《のうり》に、悠のしてきた数々の《恋》が浮かんでは消えていった。

悠にとっての恋は綿菓子のように軽い。来るもの拒まず、去るもの追わず。後腐《あとくさ》れない態度は、美徳であり欠点でもある。

重みがないから、相手に関心がないから、彼にとっての《恋》は軽い。

どうしたって、深月の恋心とは釣り合いがとれなかった。そうして、美しい春の日、深月の初恋は散らされた。

「わたし、悠の妹じゃないんだよ。だから、家族になれない。赤の他人にしかなれないの。

それが、わたしは嫌だったの」

一滴も血の繋がりのない自分たちは、兄妹のように育てられたところで、本当の兄妹にはなれない。このままでは、いつか離れ離れになってしまう。そんな未来を予期していたから、深月は妹ではなく、恋人になりたかった。

赤の他人が、ずっと一緒にいるために、その肩書きが必要だと信じていた。

「俺は……」

「何も言わないで。ぜんぶ分かっているから」

呪いのような初恋は、この先も叶うことはないだろう。悠が求めている関係と、深月が築きたい関係は、どうしたって嚙《か》み合わない。

「ごめんね」

たった四文字の言葉が、こんなにも胸を穿《うが》つ。

「良いよ。でも、ちょっとでも悪いって思ってくれるなら。二十九日、わたしに付き合ってくれない？」

三月二十九日。悠が死んでしまう日。

どうにかして、この人を町の外へ連れ出さなくてはいけない。

◆◆□◆◆

満開の山桜の下、セーラー服を着た少女が笑っている。ひらりひらり零《こぼ》れる薄紅《うすべに》の花が、長く艶《つや》やかな黒髪を飾って、綺麗だと思った。

「好き」

深月にとっては、思わず零れてしまった言葉なのだろう。はっとしたように、彼女は口元を押さえた。

悠は黙ったまま、幼馴染《おさななじみ》の少女を見つめることしかできなかった。からからに喉が渇《かわ》いて、心臓が早鐘を打つ。顔に出すことはなかったが、自分がいかに動揺《どうよう》しているか、悠は自覚していた。

彼女の「好き」は、家族のように育った幼馴染に向けるものではなかった。悠に好意を伝えてくる彼女の顔は、悠が付き合っていた少女たちと同じだった。

途端、悠は怖くなった。

妹のように大事にしていた、たった一人の特別な少女が、有象無象《うぞうむぞう》と同じ存在になってしまう。

それは、きっと良くないことだ。

「ごめんね」

いつも真っ直ぐ見つめてくれる瞳から、真珠《しんじゅ》のような涙が溢《あふ》れた。伝えるつもりのなかった気持ちと分かっていたのだから、聞かなかったふりをすれば良かった。

あのときの悠は、そんな気遣いさえできなかった。

(ひどい夢。自分のことだけど、最低なクズ野郎だ)

橘家のシアタールームで、悠は目を覚ます。

映画を見ているうちに、ソファで居眠りしてしまったようだ。壁際のデジタル時計には、三月二十九日、午後五時と表示されていた。

薄暗い照明の下で、悠は溜息をつく。

あの春の夢を見たのは、三月の頭から、橘家に居候《いそうろう》しているからだろうか。それとも、壁際にある大きな棚《たな》のせいか。舞台、映画、ドラマのDVD。出演作の番宣まで録画しているらしく、几帳面《きちょうめん》に日付順に並べられている。

(いじらしい。可愛い。あんな真似《まね》した男のこと、律義《りちぎ》に追いかけてさ)

悠が町を出てから、もう十年近くになる。その間、深月はずっと悠のことを追いかけてくれた。

自分を振った男の顔を、毎日、見つめていたのだ。

（まるで呪いだよね。その呪いが、俺には必要だったんだけど）

プロジェクターと繋がったプレーヤーに、いちばん手前にあったＤＶＤを挿入する。

《尾を喰らう蛇《ウロボロス》》

東京の小劇場から始まった、悠の初主演舞台だ。

タイムリープを題材にしたラブロマンス。恋人を殺された男が、彼女を救うために時間を巻き戻る物語だった。

何度も巻き戻るなかで、男はやがて、恋人が殺された原因が自分にあることを知る。

男の過去の行いが、男の恋人を殺したのだ。

腕のなかで冷たくなっていく恋しい人を、繰り返し看取《みと》る。たった一度の死ですら、耐えがたい絶望であったのに、何度も喪《うしな》えば、正気ではいられなくなる。

むしろ、次こそは助けられるかもしれない、と希望がある分、悪質だった。

やがて、男は恋人を救うことを諦める。どうせ時間が巻き戻るならば、終わらない時の環《わ》のなか、何も知らない彼女と過ごすことを選んだ。

――巻き戻る時間とは、すなわち永遠だ。

永遠を二人で過ごすことができるなら、その先に続く未来などいらない。

（いまの方が、きっと上手《うま》く演じることができるかな）

ＤＶＤのパッケージに視線を落とせば、ずいぶん細かい傷がついている。それだけの傷がつく回数、深月はこの舞台を観ていたのだ。

他のＤＶＤも似たようなものだ。そのことに安心する悠は、やはり最低な男だった。

ソファで膝を抱えながら、悠は目を伏せる。

子どもの頃、悠は怖かった。

いつも無表情で、楽しいとか、悲しいとか、自分の気持ちさえ分からない子どもだった。自分が周囲に言われるような《お人形さん》で、人間のふりをした何かとしか思えなかったから、此《こ》の世《よ》で独りきりみたいに寂しくて、独りきりでいることが怖かった。

だから、いつだって深月の視線が欲しかった。深月が見つめてくれることで、はじめて人間になれる気がした。

――人は見たいものしか見ない。見せたいものしか見せない。

その人を形作るのは、他者からの視線なのだ。誰かに見られることで、はじめて自分になれる。見せたい姿を得ることができる。

悠のなりたい、苦しくない自分。

自分の気持ちも、誰かの気持ちも理解できる、普通の人間みたいな姿。

それを与えてくれたのは、幼い頃から変わらない、深月のまなざしなのだ。今も昔も、彼女だけが悠にとっての特別だった。

「電気くらい、ちゃんと点けたら？」

薄暗いシアタールームに、橙《だいだい》色の明かりが灯る。

「おかえり、深月。……行こっか、今日は君に付きあう約束だから」

ソファに投げたスマートフォンに、三月二十九日の文字が躍っていた。

◆◆□◆◆

三月二十九日の夜。深月は、悠を駅まで連れてきた。

「なんで、こんな混雑して」

夕方の帰宅ラッシュは過ぎているはずだ。それにもかかわらず、駅のホームは学生やサラリーマンでごった返していた。

「人身事故。女性が踏切から侵入して、轢《ひ》かれちゃったんだよね。あちこちで電車が遅れて、乗り換えの接続も上手くいかないみたい」

「そんなニュースあった？」

「深月は仕事していたから、気づかなかったんじゃないかな。どうする？　俺のこと、東京に戻すことができなくなっちゃうかも」

駅に着いた時点で、深月の目的に気づいていたのだろう。悠は驚いた様子もなく、いつもどおりだった。

「遅れているだけなら、そのうち電車は来るでしょう。一緒に待っている。悠は、この町にいない方が良いから」

この町にいたら、悠は死んでしまう。

「俺が帰らないから、自分が帰してあげようって？　俺のこと東京に帰したいならさ、深月も一緒に来てよ」

隣にあった左手に、彼の右手が触れた。小指が絡んだとき、深月は堪らず、その手を振り払った。

「行かない。わたし、もう悠との約束を守れないから」

『約束。ずっと、俺のこと見ていて』

あの約束が、彼がこの町に帰ってきた理由のひとつならば、あんな呪いのような約束、深月から捨ててしまおう。

だから、二度と町には戻ってこないでほしい。

もう、悠の死に怯《おび》えることは嫌だった。どこか遠く、深月の知らない幸せを手にしてほしかった。

『二番線、遅れていました各駅停車……参ります。危ないですので、黄色いブロックより後ろにお下がりください』

「ダメ。君だけは、約束を守って」

ホームに電車が入るとき、混みあっていた人の塊《かたまり》が、急に動き始める。

背中から、衝撃を感じる。

突き飛ばされた、と気づいたときには、もう身体《からだ》は宙に浮いていた。

迫りくる電車が見えた。小柄な深月は、まるで玩具《おもちゃ》みたいに、いともたやすく線路上に落ちていく。

「深月」

ひどく落ちついた声だった。

振り払ったはずの左腕を摑《つか》まれて、無理やりホームに引き戻される。代わりに、落ちていくのは悠だった。

「悠！」

自らが辿《たど》る運命を知りながら、彼の瞳はすべて受け入れていた。巻き戻る三月のなか、何度も目にしてきた満ち足りた顔をしている。

直後、鉄の塊がその身体を呑《の》み込んだ。

遠くで、何かが潰れる音がした。


焼けた骨の香りを、何と呼べば良いのか分からなかった。

深月は知らなかった。たった一時間から二時間程度で、人の肉体は焼けてしまうことを。骨上《こつあ》げの箸《はし》を持つ手が、小刻みに震える。

告別式のあと、いつもなら、悠の遺体を乗せた霊柩車《れいきゅうしゃ》を見送ってきた。しかし、今回ばかりは様子が違った。悠の母親である智里たっての希望で、深月も焼骨《しょうこつ》に付き添うことになったのだ。

(これが、悠なの?)

くらり、と眩暈《めまい》がした。巻き戻る三月のなかで、骨になった悠を見るのは、はじめてのことだった。

吐き気を堪えながら、何とか智里と一緒に骨をつまんでいく。

深月が付き添っていなかっただけで、今までの巻き戻しでも、悠は遺体を焼かれている。

こんな風に、小さな骨壺《こつつぼ》に収められてきた。

その事実を理解していながらも、現実を受け入れることができない。

(わたし、何も分かっていなかった)

悠の死を、哀しんでいたのは本当だ。けれども、心のどこかで、舞台の一幕でも見ているような気分で受け止めていたのではないか。棺《ひつぎ》で眠る彼は美しく、まだ肉の器《うつわ》に留められていたから、なおのこと。

だが、骨壺に収められていく悠のことを、そんな風に受け止めることはできない。

深月が助けられなかった、巻き戻ってしまった数だけ、悠は死んでいった。

何度も巻き戻るからといって、何度も死んで良いわけではない。そのとき、その場所に生きていた悠は、もう二度と還《かえ》らない。

火葬場から自宅に戻ると、真っ赤に泣きはらした智里が手招きをした。

「深月ちゃん。良かったら、うちに来ない？　悠の形見を貰《もら》ってほしいの」

息子を亡くしたばかりの彼女は、悲しみを堪えながら、気丈に立っていた。

「でも、わたしが。わたしが、悠を駅に連れていったから」

智里は首を横に振った。

「あなたのせいじゃない。あのね、悠のことを一番良く見ていてくれたのは、深月ちゃんでしょう？　だから、あなたに、悠の生きていた証《あかし》を渡したいの」

智里はハンカチで目元を押さえる。

その顔は年相応に美しかったが、悠とは似ても似つかない。悠は完全に父親の生き写しだった。

「智里さんは、どうして悠を産んだの？」

息子を亡くしばかりの母親に言う台詞《せりふ》ではなかった。それでも、問いかけずにはいられなかった。

智里は悪人ではない。仕事で全国を飛び回りながらも、悠のことを気にかけ、不自由のない暮らしをさせた。

実際、彼ら母子は不仲ではなかった。

だが、彼女が悠を産んだ理由は、あまりにも自分勝手なものだった。

「悠から、ぜんぶ聞いたのね？」

「綺麗《きれい》な子が欲しかった、って」

「ええ。悠を産んだのは、私の我儘《わがまま》よ。男でも女でも、ただ綺麗な子が欲しかった。……それが、どんなに自分勝手で、ひどいことか、あのときの私は分からなかった。自分の夢が潰れてしまったことが悲しくて、惨《みじ》めで、どうしようもなかったの」

かつての智里は、悠と同じ世界を志《こころざ》していた。

実際、モデルとして活動しながら、しばらくは女優業にも精を出していた。幼馴染《おさななじみ》として、そんな彼女を応援していたのが、深月の両親だった。

だが、智里は夢半ばで引退し、別の道を選んだ。

「限界が見えてしまったの。どんなに努力しても、自分は特別になんてなれない、と思い知るばかり。そんな世界で生き続ける覚悟が、私には足りなかった。駆けあがっていく人たちを恨んで、追い抜かれていく惨めさで、頭が、おかしくなりそうだった。……あんな思いをするくらいなら、憧れるだけにして、その世界に飛び込んだりしなければよかったと後悔《こうかい》した」

「智里さん」

「でも、後悔しても、夢を捨てることができなかった。私がダメなら、私の子どもは？　そんな風に思ってしまったのよ。ばかよね、子どもは親の物じゃない。逆もそう。血が繋《つな》がっていても他人よ。他人だから、尊重しなくちゃ、いけなかったのに。……後悔しているの、すごく」

智里のまなじりで、大粒の涙が光る。

「悠は、智里さんが自分を産んだ理由を話してくれたけど。それは、別に恨んでいるからじゃないよ」

恨めしく思っていた時期もあったかもしれないが、大人になった今は違う。母の葛藤《かっとう》も、苦悩も、後悔も、すべて分かったうえで、悠は乗り越えている。

悠の死を悔いて、苦しむのは、三月を繰り返す深月だけで十分だった。息子に恨まれていると思い込んでいたら、智里は苦しいままだ。

「自分の仕事に誇りを持っている、って言っていたよ。きっかけは智里さんだったかもしれないけど、悠は、ちゃんと悠の意志で、今の自分になったの」

智里はゆっくりと首を横に振った。

「あなたが、ずっと見ていてくれたからでしょう?」

深月は耐えきれず、両手で顔を覆《おお》った。

見ていたのではなく、見ていることしかできなかった。

少女だった春の日、満開の桜のもとで散ってしまった初恋があった。土に汚れて、踏み荒らされた花のような恋をかき集めて、後生大事に抱えては、遠い世界に行った男にすがった。

呪いのような初恋だった。呪ったのは、悠ではなく深月の方だった。

『ずっと、俺のこと見ていて』

あの約束に縛《しば》られて、苦しむことすら心地好かったのかもしれない。

七瀬の家に足を踏み入れる。形見分けの物品は、段ボール箱ひとつにまとめられて、悠の自室に置かれていた。

「悠が東京で借りていたマンション、仕事に関係するものしか置いてなかったのよ。……たぶん、あの子の思い入れのあるものって、これくらい。深月ちゃんの縫《ぬ》ってくれたものとか、写真とか。懐かしいでしょう？　あなたたち、いつも一緒だったから」

分厚い写真アルバムを開けば、深月と悠のツーショットばかり収められていた。

「どうしたら、ずっと一緒にいられたのかなって。そんな風に思っちゃうの」

「たぶん、ずっと一緒にいたんじゃないかしら？　渡そうか迷っていたんだけど、やっぱり、深月ちゃんが持っていた方が良いのよね。悠が死んだとき、コートのポケットに入っていたの」

見覚えのある、桜染めの布で作った御守りだ。少女だった深月が、一針、一針、刺繍《ししゅう》をして、縫いつけたそれは、悠が町を出るときに贈ったものだった。

無残にも散った初恋を、散ってゆく桜の花びらに込めた御守り。

「ゆっくりしてね」

ひとり残された深月は、恐る恐る、御守りの紐を解く。

深月が詰めた桜花の下に、覚えのない紙の束があった。

薄手の紙を、メモ帳のように何枚も重ねたものだ。

隙間《すきま》なくびっしりと文字が書かれている。きっちりと同じサイズで、精緻に書かれた文字は、かつて見慣れていた悠のものだ。

『三月二十九日、深月は死んだ。

会社からの帰り道、バス停で通り魔に刺されたという。夜遅い時間で、目撃者はいなかった。二日経った今も、犯人は見つからない』

『三月二十九日、また深月は死んだ。刺殺《しさつ》だった。

次も、その次も同じだった。轢死《れきし》、刺殺、撲殺《ぼくさつ》。三月二十九日になると、深月は死んでしまう』

顔から、血の気が失せていく。

先を読むことが恐ろしい。震える指で、なんとかメモを捲《めく》っていく。淡々と記されている文字が、頭のなかで、嫌な想像を掻《か》き立てる。

『何をしても、深月は三月二十九日に死んでしまう。

なら、深月の代わりに、俺が死ねば良いのか？

春が来ない。

君のいない春などいらない、と願った日から、ずっと繰り返している。俺は、いったい何度、この町に戻ってきたのだろう』

『焼けた骨のにおいがする。消えてくれない』


においのつくものが苦手な悠が、どうして香水をつけていたのか。それは魂まで染みついてしまった、焼骨のにおいを誤魔化《ごまか》すためだ。深月の骨が焼けるにおいを消したくて、桜の香りを纏《まと》っていた。

きっと、他にもたくさん、悠は同じようなことをしているはずだ。

メモを読み進めることができなくて、御守りを落としてしまう。その拍子に、和紙に包まれた何かが出てきた。

少しばかり黄ばんだ、骨の欠片《かけら》だった。

直観的に、何を意味するのか分かってしまった。

「っ、う、ああ」

骨の欠片は、ちょうど小指ほどの太さをしていた。

深月は自分の両手を見下ろした。

ほんの少し、右手よりも短くなった左の小指。和紙に包まれた骨を足したら、左右ぴったりの長さになるだろう。

一度目の巻き戻しのとき、莉子と手の大きさを比べたことがある。ピアノが上手《うま》い莉子は、普通の人より手が大きく、指が長いことが自慢だと笑った。

あのときの莉子は、深月の左手は小指が短いことを指摘した。

しかし、深月は二十四年の人生で、左手の小指を短いと感じたことはない。おそらく、繰り返す三月より以前は、右も左も同じ長さをしていた。

「どうして、ずっと黙っていたの？」

巻き戻る三月。引き継ぐことができるのは記憶だけ、と深月は信じていた。

しかし、本当は違うのだ。

不格好な御守りに詰められていたメモが、和紙に包まれた骨の欠片が、深月の認識が間違いであったことを突きつける。

理由は分からない。けれども、深月の作った御守りに入っていたものは、次の巻き戻しに引き継ぐことができるのだ。

悠は、その事実を知っていた。だからこそ、深月の死因を忘れぬよう、メモに書き連ねていったのだ。

きっと、次こそ深月の命を救いあげる。そう願って、悪夢のような三月を巻き戻っていた男がいた。

終わらない三月にいたのは、深月だけではなかった。

七瀬悠もまた、同じように繰り返していた。

永遠に来ない春に焦がれていたのだ。

幕間　参

君を喪《うしな》ってはじめて、君を恋しく思った。

だから、君が殺された夜の絶望を、昨日のことのように思い出す。

三月二十九日、まだ寒い晩冬の夜のことだ。

会社からの帰り道、深月《みづき》は何者かに刺し殺された。小さなバス停の裏で、遺体は朝まで放置されていた。

最終バスの運転手は、物言わぬ骸《むくろ》となった君に気づくことなく、バス停を通過した。

まだ日も昇っていない頃、俺は君を見つけた。三月の雪に薄化粧《うすげしょう》された姿は、不思議なくらい穏やかで、まるで眠っているかのようだった。

いつになっても帰らない君を心配して、探し回った俺も。君の愛する両親も。誰もが君の死を受け入れることができないまま、葬儀に臨《のぞ》んだ。

「深月」

柩《ひつぎ》に眠る深月は、呼びかけても目を覚まさない。かたく瞑《つむ》られた瞼《まぶた》の、その裏側にある黒々とした瞳は、もう俺を映すことはない。

『約束。ずっと、俺のこと見ていて』

もう、彼女が俺を見ることはない。あの約束は永遠に叶わない。

『お姫様は、幸せになったの？』

『ふたりは、死ぬまで一緒。ずっと幸せだったよ』

桜に恋しい人と結ばれることを願った姫君。

その物語を教えたとき、幼い深月に伝えた言葉がある。一緒にいることが幸福だ、とあの日の俺は信じていたのだ。

今もきっと変わらない。俺は、ずっと——永遠に深月と一緒にいたかった。

「悠《はるか》くん、ありがとね。焼骨まで来てくれて」

深月の御両親は、小さい頃から、実の息子のように接してくれた。

仕事で忙しい母は、悪い人ではなかった。持ちうる精いっぱいで、俺のことを立派に育てようとしていた母のことを、大人になった今は尊敬している。

けれども、彼女は俺に《家族》の時間を与えてくれる人ではなかった。だから、俺にとっては、橘《たちばな》の家こそ理想の家族だった。

優しい両親と、可愛《かわい》い妹のような女の子。

家族になりたかった。家族なら、ずっと一緒にいられると信じていた。

（けれども、それは本当に？　本当に、そう思っていたんだろうか）

手が震えて、うまく骨上《こつあ》げの箸《はし》を握ることができなかった。それでも、拾ってやらなければならない。骨上げは、此《こ》の世から彼《か》の世《よ》への橋渡しだから、彼女が安らかに眠るために必要なことだ。

頭では分かっているのに、焼けた骨のにおいに、眩暈《めまい》がする。

少しずつ、少しずつ骨壺《こつつぼ》に収められてゆく深月は、とても小さかった。俺にとっての彼女は、町で暮らす少女のままだったから、なおさら、そう感じてしまう。

黒いセーラー服の少女が、走馬灯《そうまとう》のようによみがえる。

艶《つや》やかな黒髪、折れそうな手足――むかし、約束を交わしてくれた、細くしなやかな、左手の小指。

目の前にも、指があった。外側の肉が焼かれて、骨だけになってしまったが、それでも彼女の指だった。

誰も見ていない隙《すき》に、彼女の小指から、ほんの一欠片の骨を奪った。

告別式を終えて、焼骨も済めば、もう俺にできることはない。悲しみに暮れる深月の両親のことは、そっとしてあげたかった。

ふらり、ふらりと雪のちらつく町を、喪服《もふく》のまま歩く。

どこを歩いても、妹のように育った女の子の影がちらつく。あの通りにある喫茶店《きっさてん》で、夕食を食べた。あの小さな公園から、深月を負ぶって帰った。

――古ぼけた神社の桜を、いつも二人で眺めていた。

あの桜は、あの頃から変わらず今も、そこにあった。いつ枯れても不思議ではないのに、雪のなか枝を伸ばしている。

まだ、桜は咲いていない。蕾《つぼみ》は固く閉じている。けれども、春が来たら、きっと薄紅《うすべに》のヴェールを被《かぶ》ったように、美しく花開くだろう。

「春が来る？　深月がいないのに」

雪が融《と》けて、花咲く季節が訪れても、喪われた命は戻らない。ずっと俺を見てくれた、あの黒々としたまなざしは戻らない。

たとえば、君の墓参りに行ったとして、そこには骨になった君がいるだけだ。

「ずっと、俺のこと見てくれるって。そういう約束だった」

家族なら、一緒にいられると信じていた。そんなの詭弁《きべん》だ。ずっと一緒にいたいと願ったときから、もう俺の気持ちは特別だった。

俺の我儘《わがまま》で、身勝手な、最低な約束を深月が受け入れてくれた日から、俺は恋をしていた。彼女がいるだけで、俺は何にだってなれた、何でもできる気がした。

どんなに悍《おぞ》ましい出来事に遭《あ》っても、あのまなざしだけで救われた。

あの子が見てくれるから、俺は《七瀬《ななせ》悠》になることができたのだ。

「いらない。深月のいない春なんて、そんなもの」

君のいない春ならば、俺の恋が叶わぬ季節ならば、永遠に来なければ良い。

(神様、どうか。君のいない春を奪ってくれ)

それがきっと、巻き戻る三月の始まりだった。必ず恋を成就《じょうじゅ》させるという桜は、たしかに俺の恋を叶えようとしたのだ。

君を喪ってはじめて、俺は恋を知った。

君が生きていなければ、俺の恋は永遠に叶うことはないのだ。

第四幕

君のいない春を、永遠になかったことにしたい。

橘深月《たちばなみづき》の葬式を終えた、その夜のことだった。悠《はるか》はありもしない桜の花弁と、甘い香りに包まれて意識を失った。

そうして、三月一日——東京から町に戻った朝に巻き戻っていた。

始発電車に揺られながら、最初は訳が分からなかった。

深月が殺され、骨も焼かれてしまったことが、まるで夢であったかのように。時間が一か月巻き戻ったのだ。

あのとき、神はいるのだと思った。信じてもいなかった神が、悠にチャンスを与えてくれた、と感じた。

もう一度やり直すことができるのならば、今度こそ深月を救ってみせる。

そうしたら、この気持ちが恋であることを伝えたかった。

今さら、と詰《なじ》られるかもしれない。彼女が向けてくれた初恋を、無残にも散らして、踏みつけて、そのうえで《ずっと見ていて》と身勝手な約束を押しつけた。

顔を合わせることができなかった時間も、彼女のまなざしを独占した。

彼女が書いてくれたファンレター、贈り物、母親から伝えられた話。今でも彼女が夢中でいてくれることに胡坐《あぐら》をかいて、その日々が永遠に続く、とうぬぼれた。

彼女が喪《うしな》われてしまう日を、想像したこともなかった。

一緒に春を迎えたい。あの桜の下で、本当に恋は成就するのだと思いたい。

それが、いかに傲慢《ごうまん》な願いであるかを突き付けるように、深月は何度も死んでいった。

悠が何をしても、どうしたって、橘深月は三月二十九日に息絶える。

柩《ひつぎ》で眠る彼女の、かたく閉ざされた瞼《まぶた》を何度も見た。

三月を繰り返すほど、深月の骨が焼けるにおいが、消えてくれない。悠を嘲笑《あざわら》うかのように、深月の死が香ってくる。

おかしくなったのは、巻き戻る世界ではなく、悠の方だろうか。

最初に深月を亡くした日、絶望して、立ち直れなくなって、《もしも》の夢を見続けているのかもしれない。

あの日、深月は死んで、よみがえることはないのかもしれない。

「夢でも、良いよ」

夢でも良かった。深月が生きてくれるならば、その夢を選びたかった。

もしかしたら、次の巻き戻しで、彼女は助かるかもしれない。彼女がいる春を、手に入れることができるかもしれない。

（ああ、そうか。俺が代わりに死ねば良いのか）

たとえ、隣に自分がいなくとも。悠が代わりに死ぬことで、彼女を助けることができるならば、こんな命、何度だって捨てることができた。

それに、巻き戻っている限り、深月は生き続ける。終《お》わることのない時の環《わ》のなか、彼女はたしかに生きている。

ならば、永遠に巻き戻ったとしても構わない。

◆◆□◆◆

三月一日。早朝の駅では、電光掲示板が六時を示していた。

始発の電車が通過したくらいなので、人気《ひとけ》はなく、ホームには若いサラリーマンが立っているだけだった。

ホームから視線を戻して、深月は改札付近のベンチを見る。

いつかの巻き戻しと同じだった。

東京から町に戻ってきた悠が、ベンチで文庫本を読んでいる。

「深月？　びっくりした。こんな朝から、どうしたの？」

職業柄か、悠は嘘をつくことが上手だ。深月が駅に現れるのは、この巻き戻しが初めてではない。だから、悠は驚いた演技をしているだけだ。

「悠。あなたは何回目なの？」

彼はゆっくり瞬きをした。

「何回目？」

微笑《ほほえ》んだ彼は、適当な言い訳を並べるつもりだ。しかし、深月は許さない。真っ直ぐ、射貫《いぬ》くように悠を見た。

悠はうつむいて、口元を黒いタートルネックのニットで隠した。

叱られた子どもが、言い訳もできず黙り込んでいるかのようだ。深月よりずっと背が高く、すらりとした男に、小さな男の子の姿が重なった。

ゆっくりと顔をあげたとき、悠の表情は無だった。

懐かしい。幼い日の悠は、こんな風に感情という感情を削《そ》ぎ落とした顔をしていた。

いつも明るくて、人懐こい好青年。そんなイメージからは想像できない、お人形のような表情だった。

「永遠に来ない春を、どう思う?」

その言葉こそ、悠と深月が同類である証《あかし》だった。

振り返ってみると、あまりにも、悠は知り過ぎていた。

たとえば、教えてもいない深月の連絡先、三月二十九日に必ず残業すること。

たとえば、二十九日の夕方に起きた、電車の人身事故。彼は、まだ報じられていないであろう、被害者の詳細まで語っていた。

他にも、深月が見逃がしただけで、たくさんの違和感があった。

そっと手を差し出される。握って、とでも言われるように。深月はその手をとって、彼に連れられるまま歩いた。

早朝の薄暗い町並みを、ふらりふらり二人歩く。

子どもの頃に遊んだ公園で、彼はブランコに腰かけた。じっとこちらを見つめながら、深月の言葉を待っている。

「何回、悠は繰り返しているの?」

錆《さ》びついたブランコの揺れる、きい、きい、という音が響く。ブランコを揺らす男は、ゆっくりと首を傾《かし》げる。

「俺が、深月の死を経験した回数？　それとも、俺が死んだ回数のことかな？」

「……そっか。悠は、わたしよりも前から、三月を巻き戻っていたんだね」

雪化粧《ゆきげしょう》した地面から、枯れ枝を拾いあげる。

深月は雪のうえに一本の線を引くと、始点に《悠》と文字を添えた。そのまま線の真ん中あたりに印をつけて、そこには深月の名前を書く。

巻き戻しの始点は、おそらく悠の方が早かったのだ。

「最初は、俺が深月の死を繰り返した。でも、どうしても、君の死を防ぐことができなかった。だから、俺は深月を庇《かば》って、自分が死ぬことにしたんだけど、ね。――深月が巻き戻り始めたのは、俺が君の代わりに死んだときかな？」

「たぶん、そうだと思う」

そうして、深月と悠は、終わらない三月の悪夢に閉じこめられた。

「俺の初主演舞台、憶えている？　たぶん、あれに近い感じなんだと思うよ」

《尾を喰らう蛇《ウロボロス》》

繰り返す時間のなかで引き裂かれた恋人たちを描く、タイムリープを題材にしたラブロマンスだった。

二対《つい》の蛇が、互いを飲み込み、永遠に途切れぬ環《わ》を創る。そんなタイトルロゴを、今もはっきりと思い出すことができる。

終わりは始まりであり、始まりは終わりなのだ。

「どうして、巻き戻っちゃうのかな。ううん、違うの。どうしたら、巻き戻るのを止めることができる？」

「三月二十九日。深月か俺は、必ず死んで、三月一日に巻き戻る。なら、答えは単純じゃないかな？　――死んで時間が巻き戻るなら、生きていれば巻き戻らない。片方だけでじゃない。俺と君、二人とも三月二十九日を越えて、生きている必要がある」

淡々とした答えには、何の熱も籠《こ》もっていなかった。巻き戻る時間から脱出するための条件が分かっているならば、条件を満たせば良い。

だが、悠のまなざしは、何処《どこ》か諦めたようであった。

「俺はね、正直、どっちでも良いんだ。巻き戻るなら、何度だってかまわない。終わらない時間のなかで、永遠に来ない春に甘えて、ずっと三月に閉じ込められても良いんだ。春なんて、永遠に来なくて良かった」

「ばかなこと言わないで」

「そう？　この三月には深月がいる。なら、ずっと三月でも良い」

「でも、悠が死んじゃう！」

「でも、君は生きる。深月が生きてくれるなら、何度死んだって平気だ。……俺が、どれだけ、君の死体を見てきたと思う？　いつも君に届かない。いつも君は死んでしまう。だから、俺が死んで、また時間が巻き戻るのなら良いんだよ、もう」

「次も巻き戻る保証なんて、何処にもない！」

巻き戻る三月のなか、ずっと深月はその可能性に怯《おび》えていた。もし、これで時間が巻き戻らなかったら、永遠に悠を喪ってしまう、と。

「……それは」

悠は口ごもる。まるで、その可能性から目を逸《そ》らし続けていたかのように。

「それに、どうせ巻き戻るからっていっても。その時間で、悠が死ぬことに変わりはないんだよ……っ、わたしは嫌だよ。悠は違うの？」

焼かれてしまった、悠の遺体がよみがえる。

あのとき拾いあげた骨のにおいを、生涯《しょうがい》、忘れることはないだろう。

幾度、時間が巻き戻ったとしても。あのときの悠の死が、なかったことになるとは思えないのだ。

「終わらない三月のなかで一緒にいるより、わたしは悠と春を迎えたい。今までも、その先も、ずっとあなたのことを見ていたい」

「あんな約束、これからも律義《りちぎ》に守ってくれるって？」

「……ずっと守っていたよ。知っているでしょう」

ひどく身勝手な約束だった。

振り返ってくれない男を、一方的に見つめ続ける苦しみなど、悠には分からない。

だが、初恋を捨てきれず、約束にすがったのは深月だった。

この恋は深月のものだ。誰の責任でもなく、深月だけが背負うべきものだった。悠にだって渡してはいけない。

「深月は、昔から人が好すぎる」

「悠にだけ。特別だから」

「そ。俺にとっても、深月は特別だったよ。一緒に春に行ってみたいね」

幼馴染《おさななじみ》は、花が綻《ほころ》ぶように笑った。

状況を整理しようか、と悠は言う。

「三月二十九日、俺たちの片方は死んでしまう。だから、三月二十九日より後のこと——

三十日と三十一日のことを知っているのは、片方だけになる」

それは、悠が生き残った巻き戻しでも、深月が生き残った巻き戻しでも変わらない。

「悠は、わたしを殺した犯人を知っている？」

「知らない。捕まる前に、時間が巻き戻っちゃうから。深月も同じでしょ？」

何事もなく春が訪れたならば、おそらく犯人は捕まった。

深月も悠も、あらゆる方法で殺されてきたが、すべて犯人が捕まらないほどの事件とは思えない。遠くないうちに、罪は暴かれるはずだった。

しかし、時間が巻き戻ってしまうと、話は変わってくる。

深月たちは、三月より先に行くことができない。警察が犯人を捕まえることを待てないので、犯人の正体が分からない。

「俺たちは、俺たちだけで犯人を見つけなくちゃいけない。犯人って呼び方は間違いか。未遂《みすい》だから」

殺された後に捕まえるのではなく、殺される前に見つけなければならない。三月二十九日、犯人となるであろう、今は罪なき人物を。

「わたしたちを殺したのは、たぶん通り魔なんかじゃない」

もし、あれらが通り魔による犯行であったならば、過去に殺された場所と別のところにいれば、助かるはずなのだ。

深月たちは、まったく同じ三月を繰り返しているわけではない。

深月たちの行動によって、最初のときと変わってしまう出来事はある。それで通り魔の出現場所も変わってしまった、と考えることはできるが、可能性は低いだろう。

深月たちの行動によって、そこまで通り魔の行動が変わってしまうのであれば、それはもう通り魔ではない。

「人を殺すことに理由なんてない、って意見もあるけどさ。今回は違う。動機があって、殺意をもっている。そんな誰かに、俺たちは殺されるんだ」

関係性が一方的なものであれ、双方的なものであれ、深月たちと犯人の間には何かしら繋《つな》がりがある。

「わたしと、悠。片方だけで済むのは、どうして?」

冷静になって考えてみると、奇妙なことだ。

深月たちは、三月二十九日、必ず片方が殺される。片方だけ、つまり両方が殺されることはなかったのではないか。

「わたしと悠は、別々に巻き戻っているんじゃなくて。たぶん、まったく同じ巻き戻しを経験しているの」

深月は地面を指差した。枝切れで書いた直線は一本だけ。

平行線上にある、ふたつの時間軸を、それぞれが繰り返しているわけではない。深月と悠は、同じ時間軸で、同じ巻き戻しを経験している。

「どうして、そう思うわけ？」

「悠が、わたしの小指の骨を盗んだから」

悠はコートの内ポケットから、くたくたになった御守りを取り出した。

以前は気づかなかったが、渡してから十年も経っていないはずの御守りは、不自然なほど劣化していた。

まるで、何十年と時間が経ってしまったかのようだ。

「もしかして、中身を見た？」

「形見として、智里さんがくれたの。悠のおかげで、小指が短くなっちゃった」

かけた左手の小指は、ほんの少し右よりも短い。先端部分を、不自然に奪われてしまったかのように。

「御守りの中身を見たから、俺が巻き戻っていることに気づいちゃったのか」

「うん。その御守り、どういう理屈なんだろうね？　わたし、次の巻き戻しに引き継ぎができるのは、記憶だけだと思っていたの。だから、ずっと不安だった」

本当に時間が巻き戻っているのか。

それとも、自分の頭がおかしくなったのか。

「なんとなく理屈は予想できるけど、確かめようがないから分かんない。……俺が、この御守りを引き継ぐことができる、って知ったのも偶然だったし」

経年劣化したような御守りは、文字通り経年劣化したのだ。巻き戻った時間が、この御守りに蓄積されている。

「知ったから、悠は記録していたんだね」

「途中までね。俺が死ぬようになってからは、もう記録はつけていない。深月が助かるなら、それで良かったんだ」

「わたしたち、同じ巻き戻しを経験している。だから、両方が殺される巻き戻しは、たぶん存在しない」

深月が殺されたときは、悠が生き残る。

悠が殺されたときは、深月が生き残る。

「犯人からすれば、片方が殺されるだけで目的は達成される。殺人の動機は果たされるって、ことかな？　不思議だね。俺が殺されるのは分かるけど、深月が殺される理由が分かんない」

「自分が殺される理由は分かるの？」

「殺される理由が分かるというより、殺されても驚かない、って感じかな。どうしたって、俺は他人からの悪意を受ける。顔を出している以上、そういうこともある」

「……でも、はじめに。本当の、はじまりのとき殺されたのは、わたしだった」

三月の巻き戻しは、悠の方が先に始まった。悠の巻き戻り、すなわち深月が殺されたことが、すべての始まり。

「最初にわたしが殺されたことに、意味があるのかな？　ねえ、悠。そのときのこと、詳しく教えてほしいの」

深月の知らない、悠だけが経験した本当のはじまり。そこに、この巻き戻しの根っこがある気がした。


ふたりは、深月の会社近くのバス停へと向かった。

「あの日、深月は終バスを待っていた」

化粧品《けしょうひん》の広告ポスターの貼られた、小さなバス停だ。寂れたベンチに座って、悠は話を続ける。

「けれども、終バスの時間を過ぎても、君は帰らなかった。俺は夜更けから朝方まで、君を探して。……このバス停の裏で、倒れているとこを見つけた」

話を聞きながら、深月は疑問に思った。

御守りに挟まれていたメモから、このバス停で深月が殺されたことは知っている。

「わたしの遺体を見つけたの、悠だったの？」

しかし、あのメモには、誰が深月の死体を発見したのかまでは書かれていなかった。てっきり、帰らぬ娘を心配して、母が警察に連絡したと思っていた。

「あー、そうだよね。あのとき、まだ君は巻き戻っていないわけで。最初のことを憶えているのは、俺だけなんだよなあ」

悠は顔を片手で覆《おお》った。何かを噛《か》み締めるかのように。

「あんまり気にしないで。いろいろあって、君が最初に殺された……ややこしいな、一回目とするね。一回目の三月、俺と君は連絡をとっていたし、何なら終バスで君が帰ったあと会う約束もあった」

「だけど、わたしと会えなかった。不思議に思って、実家に連絡したら、まだわたしが帰っていないことが分かった、とか？」

「大正解」

そうして、夜通しずっと、帰らない深月を捜してくれたらしい。

「わたしが殺される理由って、正直、思いつかなくて。むしろ、通り魔だって言われた方が納得できる。でも、そうじゃない」

「恨まれたり、憎まれたりする理由とか、心当たりない？　三月よりも前の時間も含めて」

「ない。……というか、あるはずないよ。悠と違って、わたしは本当いつもどおりの毎日だった。会社に行って、悠の出演作とか雑誌チェックして、たまの休日に喫茶店《きっさてん》に行って。そういう時間のなかで、殺されるほど恨まれる確率ってどれくらい？」

「仕事のトラブルは？」

「事務員だから、お客様とトラブルになるような場所には出ないし、同じ職場の人たちだって働いているときだけの関係だよ」

無差別殺人ならば理解できるが、そうではない。そして、深月に理由がないならば、答えはひとつしかない。

「わたしたちは、片方だけしか殺されない。だけど、動機は同じなんじゃないかな」

「同じ？」

「悠が原因ってこと」

残酷《ざんこく》な言葉だと思いながらも、深月は続ける。

「悠と関わったから、一回目のわたしは殺された」

深月は、一回目の深月のことを知らないが、推測することはできる。

夜に会う約束をしていたなら、一回目の深月は、きっと悠の近くにいた。第三者が見れば、親しいと感じてしまうくらいの距離にあったはずだ。

「……ああ、そういう。俺と君に原因があるんじゃなくて、俺だけに原因があるのか。なら、犯人はあいつじゃないんだろうな」

悠の言う《あいつ》が誰なのか、深月にも分かった。

「悠の父親は違うと思うよ。だって、意味がない。わたしを殺したって、何の利益《りえき》にもならないし。そもそも、悠に生きてもらわないと困るでしょ？」

「ま、俺が死んだら、金を毟《むし》り取れないからね。生きて稼《かせ》いでもらった方が、あいつにとっては都合良い」

三月二十九日、深月、あるいは悠は殺される。

犯人の動機は、悠にある。そして、その動機は、片方が殺されるだけで満たされる。

「悠が死んでも、わたしが死んでも、目的は達成される。けれども、動機は悠だけ。――似たような舞台を、わたし、知っているよ」

《尾を喰らう蛇《ウロボロス》》

繰り返す時間のなか、引き裂かれた恋人たちを描くタイムリープの物語。

深月と悠は恋人ではないが、状況は似通っている。あの物語で殺されるのは、片方――ヒロインだけだが、殺された理由は恋人である主人公にあった。

「俺を手に入れるため？」

男を手に入れるために、男がむかし付き合っていた女が、ヒロインを殺す。邪魔者はいなくなった、これで一緒、と嗤《わら》った殺人犯の台詞《せりふ》がよみがえる。

「わたしが死ぬと、悠を手に入れることができるなんて、変な話だよね。でも、それが動機なんじゃないかな」

「変な話じゃないよ。傍《はた》から見たら、俺たちって恋人みたいに見える。疎遠《そえん》になっていたことなんて、分かんないって。俺が《妹》の話をするから、今も仲が良い、って勘違いされてもおかしくない」

「妹って言葉に、彼女とか、恋人って意味はないよ」

「大昔の人たちって、恋人とか夫婦のことを妹背《いもせ》って……」

「悠」

「ごめん。でも、俺に血の繋《つな》がった妹がいないことって、深月が前に言っていたように、調べたらすぐに分かっちゃう。だから、恋人のことを妹って呼んでいる、って思われても、ま、奇妙ではない」

「わたしが、その。悠とそういう関係だったとして」

深月は口ごもる。仮定であっても、そんな関係、と口にすることが嫌だった。

なにせ、深月は、この男に振られている。振られているのに、いまも初恋を引きずっている。

「そんな単純な話じゃないけど、恋人の椅子《いす》が埋まっているなら、そこを空けちゃえば良い。深月が死ねば、俺はフリーだから、そこに自分が納まるって感じかな?」

「……悠の元カノ、何人いるんだっけ?」

舞台《尾を喰らう蛇》と同じなら、犯人は悠がむかし付き合っていた恋人だ。突飛《とっぴ》な発想かもしれないが、何も分からないからこそ、似たような舞台に糸口がある気がした。

「元カノ。何人だったかな?」

真顔で首を傾《かし》げた男に、深月は溜息をつく。

どうして、この男を好きになってしまったのか、本当に理解したくなかった。悪いところもたくさん知っているのに、何度だって好きになってしまう。まるで性質《たち》の悪い病のように、あるいは呪いのように。

「むかしから思っていたけど、女癖《おんなぐせ》がすごく悪いよね」

「こっちにいたときは、そう言われても仕方ないけれど。東京にいたときは彼女いなかったし、そうでもないよ」

「あれだけ週刊誌を騒がせておいて？」

「否定しても、火に油を注ぐだけだったからね。イメージに瑕《きず》がつく程じゃなかったから、ぜんぶ放置だって。いちいち相手にしてらんないし」

「なら、東京にいたときのことは気にしなくて良いのかな。町にいたときのこと、ちゃんと思い出してね」

現状、悠の元恋人たちを容疑者と仮定した。

彼の記憶を頼りに、悠の恋人たちを探す必要がある。

ちょうど、朝のバスが到着する。すべての始まりは、約一か月後、三月二十九日の夜だった。この路線のバスに乗ることもなく、深月はバス停の裏で殺されたらしい。

悠の巻き戻しが、何度目かは知らない。だが、どれだけ巻き戻ろうとも、深月の命を諦めずにいてくれたことは分かる。自分の命を代わりにしてでも、生かそうとしてくれた。

そう思ったら、自然と唇を開いていた。

「おかえり、悠」

悠が町に戻ってきたとき、一度だって、おかえり、と言わなかった。町に戻ってきた理由ばかり気にして、心から迎えてあげることができなかった。

三月一日。巻き戻ってしまった絶望を背負って、彼は駅に立っていただろうに。

悠は目を見張って、わずかに口元をほころばせた。あまりにも不格好な笑みだったが、深月には馴染みのある顔だった。

「ただいま、深月」

◆◆□◆◆

ずっと昔から、分かっていたことではあるが。

七瀬《ななせ》悠には、一般社会で生きていくための協調性と倫理観が足りない。

子どもの頃、《お人形》のように綺麗《きれい》と言われた。綺麗の意味はよく分からなかったが、人形という言葉は良く理解できた。

あのときの悠は、自分のことを、人の形を真似《まね》た何かだと思っていたから。

向かいに住んでいた女の子が、まっとうな人間だったから、なおのことそう思った。自分はこうなれない、と絶望さえした。

悠は人間の成り損《ぞこ》ないで、人形のようなもの。

それを自覚しているから、足りないところを取り繕《つくろ》った。自分の気持ちも、他人の気持ちも理解できるように学んで、まっとうな人間になろうとした。

深月と見た映画を思い出して、真似っこするのだ。

だから、この町にいた頃、ほとんど関わりのない少女たちに告白されて断らなかったことに、さしたる理由はなかった。

好きだと言われたのに拒《こば》んでしまったら、相手を悲しませるだろう。

誰かを悲しませることは、まっとうな人間のすることではない。

だから、拒絶しなかった。けれども、必要以上に深入りもしなかった。浅瀬を揺蕩《たゆた》うような、薄っぺらくて、何の重みもない恋人関係で良かった。

大切なのは、恋人ではなく家族だった。悠にとっての家族とは、自分を産んでくれた母親に、幼馴染《おさななじみ》、そして彼女の両親だ。

（どうして、俺のこと好きなんて言ったの？）

十年近く前の春、深月は「好き」と言った。恋人になりたいという意味だった。

だから、悠は焦った。顔には出さなかったが、ひどく動揺《どうよう》した。

なにせ、いちばん大事な《家族》というポジションから、深月が《恋人》に格下げされてしまう。

悠にとって大事な人が、どうでも良い関係性になるのは我慢ならない。

告白を受けるよりも、拒むことの方が悠にとっては特別である証《あかし》だったなんて、本当に笑えない話だった。

（ばかだった。振った時点で、特別だって気づけって話だったのに）

隣に座った深月は、バスの窓から景色を眺めていた。その横顔は、もう少女のものではなかった。

悠が町を離れてから、こんなにも綺麗になった。

そのことから目を逸《そ》らし続けていた悠は、笑えないくらいのろくでなしで、最低な男だった。深月が大事にするべきだった、若く瑞々《みずみず》しい時間を、すべて自分に費《つい》やさせた。それを当然のものとして受け止めながら、振り返りもしなかった。

振り返る必要がなかったのは、彼女がずっと見てくれていると知っていたからなのに。

むかし入り浸っていた、橘家のシアタールームを思い浮かべる。

部屋の中は、いつのまにか様子を変えていた。深月の父親が趣味で集めた映画ばかりで、あったのに、棚《たな》のひとつが、まるまる悠の出演作で埋まっていた。

いちばん手前にあるＤＶＤは、悠がはじめて主演を務めた舞台。

《尾を喰らう蛇《ウロボロス》》

繰り返す時間のなかで引き裂かれた恋人たちを描く、タイムリープを題材とした物語は、ハッピーエンドではなかった。

男は、時の環《わ》から脱出することができなかった。

否《いな》、脱出しなかったのだ。殺される恋人を助けることができないならば、永遠に時間を繰り返そう、と決めた。

何度だって殺される恋人を看取《みと》って、巻き戻しの最初に戻っていく。

(俺も、それで良かったんだけどね)

深月のいない春が来るくらいなら、終わらない三月のなかで一緒にいたかった。幾度、深月が死のうとも。幾度、悠が死のうとも。

どうせ巻き戻るのならば、それは永遠ということだ。

しかし、深月は違った。まだ春を諦めていない。

ならば、悠も諦めてはいけないのだろう。

◆　◆　□　◆　◆

三月半ばの土曜日のことだ。

深月たちは、県立高校の前に立っていた。学年が三つ離れているため、在校時期が被《かぶ》ることはなかったが、深月の母校でもある。

「一人だけ、悠の彼女と会ったことがあるの。高校の先輩。黒髪で、背の高い美人さん」

すれ違ったときの、妹ちゃん？　という言葉を憶えている。

「ああ。そんな子いたね」

「ちゃんと思い出してよ。……悠と同じ時期に高校にいた人は、その人が何しているのか知っているのかな。莉子《りこ》さんとか」

「莉子？」

「悠も見たことあるでしょう？　《ハザクラ》に勤めている、わたしのお友だち。たしか、この高校の出身だったと思う」

「志野原《しのはら》って名札をつけていた人？　莉子って名前だったんだ。いくつ？　もしかして、俺よりも二つ上？」

「そうだけど。知っているの？」

「たぶん、元カノ」

深月は動きを止めた。何を言われたのか、一瞬、理解できなかった。

「そんなこと一度も言ってなかったよね？　巻き戻しのなかで、莉子さんとは何回も会っているのに」

「下の名前は知らなかった。深月も教えてくれなかったし」

言われてみれば、悠の前で莉子の名を呼んだことはなかったかもしれない。きっと、悠だけが経験している巻き戻しでも同じだったのだ。

「莉子さん、結婚しているから。高校のときとは苗字《みょうじ》が違うはず」

志野原は、莉子の夫の苗字であり、彼女の旧姓ではない。

悠にとっての彼女は、深月の友人である《志野原さん》でしかなく、高校時代に付き合っていた少女とは結びつかなかったのだ。

「じゃあ無理だよ、気づくわけない。付き合っていたの高校時代だよ？　さすがに名前くらいは憶えているけど、もう顔なんて分からないって。髪型とか化粧《けしょう》で、別人みたいに印象も変わっていたかもしれないし」

「それは、そうだけれど」

「そもそも、おかしな話なんだよ。初対面の振りして喋《しゃべ》ってきたのは、向こうの方なんだから」

悠の言うとおり、奇妙な話だった。

巻き戻る三月のなか、悠と莉子は何度か顔を合わせている。けれども、どの巻き戻しであっても、莉子は悠とむかし付き合っていたことを教えてくれなかった。

初対面の、深月の幼馴染としての悠に挨拶《あいさつ》をした。

「莉子さん、どういう人だった？」

「あんまり憶えてない、って言ったら怒る？　別れたのは向こうからだったよ。深月も知っているでしょ？　俺、いつも振られていたからね」

「……それって、なんでだったの？」

深月が悠と付き合うことができたら、死ぬ気でしがみついただろう。せっかく恋人になれたのに、自らそれを捨てるなんてできない。

「俺が、家族を優先させちゃうから。デートするくらいなら、深月と映画見たり、晶子《しょうこ》さんたちとご飯食べたい。そういう男だったからでしょ」

恋人がいようがいまいが、悠の行動は変わらなかった。当時の彼は、放課後や休日は橘家に入り浸って、デートする素振りすらなかった。

携帯に入ったメッセージも、ほとんど返信していなかったはずだ。

「東京に行ったあと、莉子さんと連絡したことは？」

「ないよ、連絡先も知らない。だから、いまになって恨まれたりするとは思えないんだよね。あの子、結婚もしているんだし」

深月、あるいは悠を殺してきた犯人の目的が、悠を手に入れることだとして。

候補には、もと恋人であった莉子も含まれる。悠と会ったとき、必ず初対面の振りをしていたことが、怪しさに拍車をかける。

「莉子さん、悠の葬式のあと、会いに来てくれたことがあって。わたしのこと慰めに」

「変な話だな、それ」

「変？」

「深月は、俺が死んだこと、その莉子さんに教えたの？」

「さすがに、そんな余裕ないよ。目の前で、悠が死んじゃったのに」

三月二十九日に悠が死んで、三十日に通夜《つや》、三十一日が告別式だ。その間、莉子と連絡をとったことはない。

「俺が死んだとき、すぐニュースになった？」

「……ううん」

「だろうね。うちの事務所なら、きっとそうする。葬儀だって、どうせ家族葬みたいなものだったでしょ？」

「智里《ちさと》さんと、わたしと、お母さんだけ。お父さんは仕事で間に合わなくて、三人だけで、ひっそり行ったの。新聞のお悔《く》やみ欄《らん》も載せなかったし、悠の事務所も、告別式が終わるまでは報道を抑えていたって……」

そこまで口にして、ようやく悠が何を言いたいのか察した。

あのときの莉子は、新聞を見て駆けつけた、と言ったが。

悠の死は、告別式が終わってから公表されたのだ。ネットニュースの速報ならともかく、新聞の紙面に載るには早すぎる。

あの時点では、新聞から悠の死を知ることはできない。

考えれば考えるほど、怪しさが際立《きわだ》っていく。

「莉子さんには、すごく良くしてもらっているの」

「だろうね。あそこまで懐いているんだから、本当に仲の良い友だちなんだ、って思った」

「莉子さんが殺したの？　悠と、わたしを」

「さあ、どうだろう？　でも、怪しいことには変わりないね」

「確かめなくちゃ」

「この巻き戻しでは、まだ、俺も深月も殺されていない。……だから、今なら聞けるんじゃないかな？　殺されていないから、きっと間に合う」

三月二十九日、莉子は人を殺すのかもしれない。

唐突に、何の理由もなく殺すのではない。

そこには必ず、人を殺すに至った経緯がある。

◆◆□◆◆

土曜日の昼下がり、喫茶店《きっさてん》《ハザクラ》に客人はいなかった。莉子と話したいと言えば、マスターは何も聞かずに店を閉めて、店内を貸してくれた。

「お連れさんいるみたいだけど、待たせて良いの?」

「良いんです」

悠には、店の前で待ってもらっている。本人は渋ったが、深月はどうしても莉子とふたりで話したかった。

「そう。幼馴染《おさななじみ》の特権? あの人、七瀬悠でしょ。あんな有名人を待たせるなんて、きっと深月ちゃんくらいだね」

莉子は落ちつかないのか、鍵盤《けんばん》でも弾くように、テーブルのうえで指を動かした。彼女の指は、何処《どこ》かにぶつけたかのように腫《は》れている。

深月は目を伏せる。きっと、気づこうと思えば、気づくことができた事実が、たくさんあった。

「莉子さん、むかし悠と付き合っていたんですね」

「ええ、と。何かの冗談？　あんまり面白くないけど。どうして、あたしと七瀬悠が？　何の接点もないのに」

「高校、同じでしたよね」

ずいぶん昔の巻き戻しで、莉子は教えてくれた。悠と同じ高校に通っていた、と。

連鎖的に、他のことも思い出される。

悠と一緒に《ハザクラ》に来たとき、莉子は桃のタルトをサービスしようとしてくれた。そのとき、悠に対して、甘い物はいりませんよね、と決めつけた。

チョコレートの広告モデルを務めたこともある悠は、甘いものを苦手としていることを公表していない。

莉子がそれを知っていたのは、過去、悠と親密な関係にあったからだ。

「同じ高校だったんだ？　知らなかったな。七瀬さん、二つも年下だし」

「莉子さん」

すがるように、名前を呼ぶ。莉子はいつものように、人を安心させるような、明るい笑顔を浮かべていた。

「あのさ、深月ちゃんは何が言いたいの？　いまは自分が付き合っているから、余計なことをするな、って自慢かな。ねえ、悠くんの大事な妹ちゃん」

悠くん。はじめて聞いた呼び方が、妙にしっくりきた。付き合っていた当時、悠のことをそう呼んでいたのだろう。

「わたし、むかし莉子さんと会ったことがあるんです。ほんの少し、すれ違ったくらいですけど」

悠の隣にいた女の子たちで、同じ高校に通っていた先輩は一人だけだ。

今の莉子とは、ずいぶん印象が違う少女だから、結びつくことはなかった。悠よりも二つ年上の先輩で、艶《つや》やかな黒髪が麗《うるわ》しい、楚々《そそ》とした美人だ。

「憶えているよ。セーラー服の可愛《かわい》い、中学生の女の子。悠くんが大事にしていた、妹みたいな幼馴染」

「ぜんぶ分かっていたから、わたしと友だちになってくれたんですか？」

莉子と友人になってから、短くはない時間が流れた。この町に取り残された深月に、寄り添い、親身になってくれた年上の友人のことを信じていたい。

莉子は目を丸くして、ゆっくりと首を横に振った。

「違うよ。友だちになったときは、何も知らなかったの。深月ちゃんさ、子どもの頃の面《おも》影《かげ》がないんだもん」

きっかけは、マスターに店のアルバムを見せてもらったときらしい。

深月と悠の子ども時代が、アルバムにあったのだ。その後、深月たちの関係性を知って、ようやく、大人になった深月と悠の《妹ちゃん》が結びついた。

友人になったばかりの頃、莉子が気づかなかったのも無理はない。むかしと印象が違うのは、莉子に限った話ではない。深月とて、大人になった今、子どもの頃とは違う顔をしている。

「あたしは、この子に負けたんだな、って知ったの」

からからと笑う姿は、不思議なほど明るく、深月へ憎しみを向けている様子もない。だから、深月は彼女を信じたかった。

しかし、深月の気持ちを裏切るように、莉子は続けた。

「本当、それくらいの。それくらいのことしか、思っていなかったんだよ。羨《うらや》ましいとか、妬《ねた》ましいとか思ってなかった。――だって、深月ちゃん、悠くんに捨てられたんだもの。この町に置き去りにされたんだもの」

莉子の言葉が、鋭利な刃となって、深月の胸に突き刺さった。

「可哀《かわい》そう。幼馴染なんて、ちょっと生まれたとき運が良かっただけなのに！　あんなに大事にしてもらって。ずうっと悠くんの隣に居座って！　ああ、なんて意地が悪い女の子なんだろうって、悠くんのことを好きだった子たち、みんな思っていたよ」

深月は唇を噛《か》んで、なんとか前を向く。どれだけ心が痛んでも、苦しくとも、いま目を逸《そ》らすわけにはいかなかった。

「なに、その顔。あのさ、どうして、いつも被害者面《づら》しているわけ？　深月ちゃんだって、加害者なのに」

莉子の言うとおりだった。いつだって、恋人よりも家族を、妹のような自分を優先してくれる悠に、深月は安心していた。その行為に、悠に恋をした少女たちが傷つくことを知りながら、気づかぬ振りをしていたのだ。

「でもね、許してあげようって思ったんだよ？　捨てられちゃったくせに、あんな必死になって、悠くんの雑誌とか映画とか追っかけて。痛すぎ。本当、ばかみたいで笑えたもん。悠くんの特別じゃないなら、お友だちとして仲良くできる。あたし、仲良くできていたでしょ？」

「友だちだと、思っていました。大好きでした。でも、莉子さんにとっては、それは悠が帰ってくる前の話なんですよね？」

莉子のことが好きだった。

この店で、声をかけてくれたことが嬉しかった。一緒にいろんなところを旅することが楽しみだった。美味《おい》しいケーキを作って、綺麗《きれい》なピアノを弾いてくれる魔法みたいな手を尊敬していた。

他愛《たわい》もないメッセージの交換さえ、日々の糧《かて》だった。年上の彼女を、姉のようだと思ったこともある。

だが、その友情は、ガラス細工のように儚《はかな》いものだったのだろう。

「そうだよ。悠くんが、悠くんが帰ってきちゃうから。だから、お友だちじゃ、いられなくなって。……なんで、いまさら帰ってきちゃうのかな?」

アイラインの引かれた目元から、ぽろり、ぽろり、涙が零《こぼ》れた。次々と溢《あふ》れる涙を掌《てのひら》で拭《ぬぐ》いながら、彼女はしゃくりあげる。

「三月一日の朝ね、悠くんが帰ってきたのを、出勤前のあの人が見たんだって。駅に、七瀬悠みたいな人がいたって言うから」

あの人とは、莉子の夫のことだろう。深月が気づかなかっただけで、三月一日、早朝のホームにいたサラリーマンは、きっと莉子の夫だったのだ。

あのときの悠は、マスクもしていなかった。髪色を、地毛の明るい茶髪に戻していたとしても、いるだけで目立つ男だ。七瀬悠と分かる人には分かっただろう。

巻き戻しの始点は、三月一日、七瀬悠が始発で町に入ったときだ。そのとき、いつも莉子の夫は居合わせていた。

だから、どの巻き戻しのときも、莉子は悠の帰郷を知っていたのだ。

「深月ちゃんと悠くんが並んでいるのを想像して、すごく嫌だなって思った。……悠くんに恋をしていたときの、嫌な記憶がよみがえった。ずっと羨ましかった、可愛いセーラー服の女の子を思い出して。惨《みじ》めで、仕方なくなって」

「莉子さん」

「この前、公園で一緒にいたでしょ？　すぐに、深月ちゃんたちだって分かった。疎遠《そえん》になっていたなんて言うわりに、仲良しの恋人にしか見えなかった」

二人並んでいたら、当然、誤解が生まれる。

テレビ番組や雑誌等で語られる、妹の存在が、血の繋《つな》がった妹ではなく、深月のことを指していると分かっていたから、なおのこと莉子は勘違いをした。

「幸せになるなんて、許せなかった。――だから、深月ちゃんでも、悠くんでも。どっちか死んでくれないかなって。ずっと、そんなことばかり考えちゃって。深月ちゃんが死んだら、悠くん、あたしのものになるのかな？　悠くんが死んだら、ずっとあたしのものにできるかな？」

深月に伝えるというより、まるで自分に言い聞かせるかのような言葉だった。糸の切れた操り人形のように、ふと、莉子は無表情になる。

「悠くんが手に入ったら、あたしは幸せになれるのかなあ。幸せになりたいなあ、って」

幸せになりたい。つまり、いまの莉子は幸福ではないのだ。

その理由は、おそらく彼女の家庭にある。

「旦那《だんな》さん、莉子さんに暴力を振るっているんじゃないですか？」

莉子の指が、腫《は》れあがっているのを見たことがあった。

旅行のとき、温泉を苦手と言ったのは、暴力の痕を見せることを嫌ったからだ。

あまり夫の話をしないことも、独り身の深月を気遣ってではない。夫こそ、莉子の不幸の象徴だったからだ。

深月が気づくことができなかっただけで、きっと何度もサインはあった。

「違うよ。すごく優しい人なの。ちゃんとできない、あたしが悪い」

「本当に？」

莉子は両手で顔を覆《おお》って、小さな子どものように号泣した。

この人は、悠のことが好きで、手に入れたいと思っていたのではなかった。ただ、いまの状況から助けてほしかっただけなのかもしれない。

不安定な心に魔が差した。いまがつらくて、苦しくて、過去にあったかもしれない幸せの影に惑わされた。

そのことを、責めることはできなかった。

彼女が、深月、あるいは悠を殺した犯人だったとしても、すべて終わってしまった時間の話なのだ。

いまの莉子は、誰も殺していない。

だから、まだ間に合うのだと思いたかった。


夜の暗がりに、バス停の明かりが浮かぶ。

深月と悠は、待合用のベンチに座った。深月の腕では、デジタル時計が三月二十九日の二十二時を示していた。

「莉子さん、県外にいるお姉さんを頼るみたい。しばらく旦那さんから離れることにしたんだって。離婚するにしても、結婚を続けるにしても」

それを教えてくれたのは、《ハザクラ》のマスターだった。莉子の事情に気づけなかったことに負い目があるのか、終始、落ち込んだ様子だった。

「深月は、まだ結婚に夢みている？　愛し合う人たちがするものだって」

「悠と違って、夢見がちだから」

「そんな当てつけみたいに言わなくても良いのに。俺の両親は、最初から破綻《はたん》していたけどさ。君のお友だちみたいに、途中から、おかしくなってしまうこともある」

数年前、莉子の結婚式に参列したときを思う。あのときの彼女は、美しく、幸福な花嫁そのものであった。

「それって、結婚だけじゃなくて、ぜんぶに当て嵌《は》まることだと思うよ」

「ぜんぶ？」

「ありふれた話、ってこと。仲良しだったのに、ダメになってしまうことなんて、珍しくもないよ。変わらない関係なんて、相当な努力がないと保てない」

「じゃあ、深月は、すごく努力してくれたんだ。約束を守るために」

努力というより、意地といった方が正しいのだろう。

約束など忘れて、悠の仕事から目を逸らして生きていくべきだった。取り憑《つ》かれたように、彼の仕事を追いかける姿は、傍《はた》から見れば異様だっただろう。

「それは悠も同じだよ。仕事、ずっと続けていたんだから」

悠と深月の約束は、一方だけで成立するものではない。悠が仕事を続けたから、深月は彼を見つめ続けることができた。

「東京に戻ろうかな、と思っているんだ」

「そっか」

半ば予想していた言葉だったので、深月は驚かない。

「仕事を休んでいるうちに、父親の問題を片付ける。――あの人は、俺の人生に関係がない。知らない人だって、思いたかった。でも、そうじゃないから」

気持ちを堪えるように、悠は両手を握り合わせた。

「俺はさ、ずっと深月にも、深月の家族にも憧れていた。あんなに良くしてもらったのに、実の息子みたいにあつかってもらったのに、どうしてか寂しくて。なんで、俺は違うんだろう、普通じゃないんだろうって、ずっと思っていた」

「……うん」

悠の根っこには、自分が普通ではない、というコンプレックスがある。幼少期の彼は、少しばかり不器用で、自分の気持ちを上手《うま》く表現できなかった。だから、自分は欠陥品で、真っ当な人間ではない、と思い悩んでいた。

「寂しくて、苦しいなって思ったときは、いつも父親のことが過《よぎ》るんだ。心の何処《どこ》かで、俺が普通じゃないのは、ぜんぶ父親のせいだって思いたかったのかも。……ばかだよね、そんなことないのにさ」

深月は首を横に振った。

「ばかじゃないよ。悠が苦しんだのは、ぜんぶ本当なんだから」

「あいつが現れたとき、頭が真っ白になった。俺の人生、きっとダメにされる。仕事だって続けられないかもしれない。そうしたら、深月との約束も守れない。頭のなか、ぐちゃぐちゃになって」

「だから、町に帰ってきたの？」

「そう。逃げてきたんだよ、俺は。……でも、向き合わなくちゃいけない。そうしないと、前に進めないから。ぜんぶ綺麗《きれい》にして、また頑張るよ」

金を無心する父親のことは、春が来たからといって消える問題ではない。この先に続く未来で、悠の人生に付きまとい、影を落とすだろう。

だが、そのような影すらも、きっと悠は乗り越えていく。

巻き戻しの、本当の始まり。かつて、殺された深月が乗ることのできなかった最終バスが、ゆっくりと停車する。

他に乗客のいないバスに乗って、ふたりは同じ家に帰った。

そうして、四月一日——待ち望んだ春が訪れる。

◆◆□◆◆

大好きな舞台のサントラで、深月は目を覚ました。

スマートフォンには、四月一日の文字が躍っている。

(春が来た)

待ち望んだ春は、ずいぶん呆気《あっけ》なく訪れた。

三月二十九日に死ぬことのなかった二人は、当たり前のように三十日、三十一日を過ごして、今日の朝を迎えたのだ。

カーテンを開けると、いまだ薄暗く、夜の気配が色濃かった。

深月はクローゼットから、ずっと仕舞い込んでいた刺繍《ししゆう》道具を引っ張り出す。あの頃に使った布や道具が、そのままの状態で残されていた。

山桜で染めた布を、鋏《はさみ》で裁《た》つ。あの日のように、袋の形にミシンで縫《ぬ》い合わせて、そのまま刺繍用の針をとった。

一針、一針、と表面に桜の花びらを刺繍する。

たった一度きりしか手を出さなかった刺繍は、お世辞《せじ》にも上出来とは言えなかったが、それで良かった。

出来上がった御守りを持って、深月は階段を駆け下りた。

「悠。もう行っちゃうの？」

玄関先に立つ、大きな背中に声をかけた。

きっと、深月と会うつもりはなかったのだろう。深月の母にだけ挨拶《あいさつ》をして、黙って出ていくつもりだったのだ。

「早起きだね、びっくりした」

そう言った悠は、こちらを振り返ることはなかった。

「見送りくらいさせて」

「顔を見たら、東京に帰れなくなりそうだったんだよ」

「なら、顔は見なくて良いよ」

背後から、悠の掌《てのひら》に触れる。深月よりも一回りも、二回りも大きな手に、縫い終えたばかりの御守りを握らせる。

「あげる」

「……すっごく軽い。もう、あんなぎっしり花弁を詰めたりしないんだ？」

御守りを眼前にかざして、悠は喉《のど》を震わせるように笑った。背後からでは、表情は分からなかったが、きっと明るく笑っているだろう。

「あれは、もう忘れてよ」

「忘れられないって。いろんな意味で、重たい御守りだったから」

「重たくて当然だよ、初恋の恨みが籠《こ》もっていたもの。……だから、ね。あの御守りは、返してほしいの。もう、あれは悠のところにあって良いものではないから」

深月の初恋。呪いのような恋を、もう散らせてあげなくてはいけない。春を迎えたことで、ようやく覚悟を決めることができた。

コートのポケットから、悠は古びた御守りを取り出した。深月を見ないまま、器用にも深月のカーディガンのポケットに押し込めてくる。

小石でも詰めたのか、と思うほど重たい御守りだった。

深月が元々籠めていた桜の花弁のほか、深月の死因を連ねたメモに、いつかの火葬場で持ち去られた深月の小指の骨まで入っている。

この御守りだけは、悠の巻き戻しも、深月の巻き戻しも、すべて憶えているのだ。

「あんなに苦しかったのに。不思議だけど、良かった、って思うの」

「良かった?」

幾度も巻き戻った、あの時間がなければ、深月は前を向くことができなかった。呪いのような初恋を引きずったまま、いつか悠を恨んだかもしれない。

「やっと、ちゃんとお見送りできる。悠のことを送り出してあげられる。新しい御守り、中身空《から》っぽなの。だから、今度は悠の好きなものを詰めて？　きっと、悠のこと元気づけてくれるから」

掌で柔《やわ》く、彼の背中を押してあげる。

「いってらっしゃい、悠」

十年近く前、春の日のこと。

いってらっしゃい、頑張ってね、と声をかけてあげることができなかった。

誰よりも一番に、深月が言うべき言葉だった。夢に向かって戦う幼馴染《おさななじみ》を、心から祝福し、送り出してあげるべきだったのに。

悠は振り返らなかった。ただ、背中に触れた深月の手に、そっと指を絡めてきた。まるで指切りでもするように。

「いってきます」

悠は玄関を出て、家の前にある道路を歩きはじめた。真っ直ぐ、振り返ることがないため、彼は気づかなかった。

背後から、自分に迫った影に。

深月の目が捉えたのは、県外ナンバーの車だった。乱暴に停められた車から、男が飛び出してくる。彼はぶつかるように、悠の肩を摑《つか》んだ。

悠の父親だ。薄汚れた格好をしているのに、はっとするほど様になっている男は、悠とそっくりの顔をしている。

親子の言い争いが、玄関口にいる深月のもとまで聞こえてきた。

(どうして、安心したんだろう。ふたり生き残った春のことを、ふたりとも知らない。だから、何が起きても、おかしくなかったのに)

三月を巻き戻っていた悠は、父親から逃げていた。

だが、いまの悠は違う。東京に戻ることを決めた時点で、父親に対して、厳しい対処を始めたのだろう。

それが父親の逆鱗《げきりん》に触れて、かえって行動を過激にさせた。

悠たちの遣《や》り取りは激しさを増す。殴打《おうだ》する音、怒鳴り声が静寂を切り裂いた。

深月はパンプスをひっかけて、コートも羽織《はお》らず飛び出した。

黒いブーツが見えた。激昂《げっこう》する男の下敷きになって、悠が倒れている。男の手には、血に濡れたナイフがあった。

融《と》けきらなかった雪のうえに、血まみれになった悠の腕があった。

声もなく叫んで、深月は男の腕に飛びつく。全身の力を持って、凶器を握った男を、悠から引き離そうとした。

しかし、悠ですら敵《かな》わないのだ。小柄で非力な深月など、玩具《おもちゃ》みたいに簡単に投げ飛ばされてしまう。

頭を強く打って、目の前の男が何を言っているのか分からない。顔のつくりは悠とそっくりなのに、ひどく醜悪《しゅうあく》な表情をしている。

ナイフが振り上げられる。

刺されたのだ。痛い、と思うのに、酩酊《めいてい》したように頭のなかがぐるぐるとして、何処《どこ》が痛いのか分からない。

「深月！」

悠は思いきり男を蹴り飛ばして、深月から離れさせる。男は衝撃のあまり動けないのか、そのまま道路に蹲《うずくま》った。

それだけが、深月がはっきりと認識できた声だった。

一瞬とも、永遠ともつかない時間のあと、深月は抱きしめられていた。

雨のように、頭上から雫《しずく》が落ちてくる。人形みたいな顔をくしゃくしゃにして、悠が泣いている。

ふと、思った。

もしかしたら、本当のはじまり——巻き戻る三月の、はじまり。深月が死んだときも、彼はこんな風に泣いたのだろうか。

吹き抜ける風には冬の名残《なごり》があるのに、もう季節は春になった。

幾度も巻き戻った三月ではなく、春は来てしまったのだ。いま死んでしまったら、もう一度、巻き戻ることはできないかもしれない。

それでも、何の後悔《こうかい》もなかった。

カーディガンのポケットに入れられた、古びた御守りを思い出す。この命と一緒に、あの御守りに詰めた、呪いみたいな恋も連れて逝《い》こう。

あたたかな腕のなかで、溺《おぼ》れるように、深月は目を閉じた。

幕間　肆

山桜で染めた布に、少しばかり歪《いびつ》な刺繡《ししゅう》のされた御守り。巾着《きんちゃく》の形をしたそれは空っぽで、恐ろしいほど軽かった。

好きなものを詰めて、と深月《みづき》は言った。それがきっと、悠《はるか》を元気づける、と。

「骨くらい、移し替えてくれても良かったのに」

古い御守りの中身のひとつくらい、新しい御守りに移してほしかった。悠の手元に、残してくれたら良かった。

丸ごとぜんぶ返して、というのだから、ひどい話だった。

(深月は、俺のことをひどい男だと思っていたんだろうけど。君だって、残酷《ざんこく》な女だと思うよ)

ねえ、深月。心の中で呼びかけてから、悠は空っぽの御守りを、薄手のトレンチコートのポケットに仕舞った。

「いらっしゃいませ」

商店街の生花店に入れば、女性店員が迎えてくれる。個人経営の小さな生花店の名前は《葉桜《はざくら》》だ。あの喫茶店《きつさてん》と同じ音だと気づいて、思わず笑ってしまう。

本当に、この町は桜に因《ちな》んだ名前が多い。

「花束、作ってもらえますか？　すっごく春らしい感じに」

悠の正体に気づいたのか、女性店員は驚いたように目を丸くした。しかし、七瀬《ななせ》悠の名前を口にすることはなく、ガラスケースの花を次々と引き抜く。淡い色の花々を集めた花束は、この時期にぴったりだった。

「観光ですか？　良い時期に来ましたね。ちょうど桜が綺麗《きれい》に咲いているんですよ」

悠の担《かつ》いだバックパックを見て、旅行と勘違いしたのだろう。おっとりとした口調で、彼女は町の観光名所を紹介してきた。

店の外では、街路樹の桜が満開だった。ここだけでなく、きっと町中が桜色に染まっている。

「実は、帰省《きせい》なんです。出身地なので」

「あら。家族にプレゼント？」

「いいえ。大切な女性《ひと》に」

出来あがった花束を受け取って、悠は店を後にする。

風に舞う桜の花弁が、作ってもらったばかりの花束に降りかかった。指で摘《つ》まみだそうとして、やっぱり止める。

桜の花弁も一緒の方が、きっと深月は喜ぶ。

（春なんて、永遠に来なくて良かった。巻き戻る三月のなかで、ずっと一緒にいられるなら、それで良かったんだ）

そう思っていた気持ちに嘘はなかったのに、いざ春を迎えてみると、良かった、と思ってしまう。

終わらない時のなかよりも、変わりゆく時間の方が、悠の大切な人には似合っている。

町を歩くほど、幼い頃から少年時代の記憶がよみがえる。故郷を出て十年近く経っても、この町は悠の帰る場所なのだ。

何処にいても、深月との思い出が溢《あふ》れている。町を離れた悠を勇気づけるように、この町には、ずっと深月がいてくれた。

――人は見たいものしか見ない。見せたいものしか見せない。

だから、七瀬悠を七瀬悠にしてくれたのは、幼馴染の女の子のまなざしだった。彼女が見つめてくれるから、なりたい自分に、苦しくない自分になることができた。

ずっと特別だった。恋とも知らず、恋をしていたのだ。

すっかり春めいた町中を抜けて、悠は小さな駅に立つ。

「退院おめでとう」

改札を抜けたばかりの彼女に、花束を差し出す。

橘《たちばな》深月は嬉しそうに笑って、花束を抱きしめた。

終幕　それは春に散りゆく恋だった

春めく季節を告げるよう、薄紅《うすべに》の花が咲く。

三月の終わりには咲いていなかった山桜は、大きく花開いていた。ひらり、ひらりと柔らかな花弁が舞っては、優しく頰《ほお》をくすぐる。

御山の裾《すそ》にある廃墟のような神社。子どもの頃に遊んだ、思い出の場所。ここに来たいと言ったのは、深月《みづき》の我儘《わがまま》だった。

境内《けいだい》の山桜が、美しく、ふたりを見下ろしていた。

「転んだりしないから、そんな神経質にならなくても良いよ」

深月は苦笑した。深月が転んだとき、すぐに支えることができるように、彼はぴったり張りつくように立っていた。

「退院したばかりなのに？　何針縫《ぬ》ったと思っているの」

悠《はるか》の実父に刺された怪我《けが》は、もうほとんど癒《い》えている。すでに抜糸《ばっし》も終えており、いまは大きな絆創膏《ばんそうこう》で覆《おお》っているくらいだ。

「縫ったけど、べつに命にかかわる怪我ではなかったから」

刺された場所が、良かったのだという。

カーディガンのポケットに入っていた古い御守りが、嘘みたいな偶然で、深月と刃物の間に挟まってくれた。

刺された直後、悠がすぐに男と離してくれたことも良かったのだろう。

刃物は危ういところまで届かず、大事に至ることはなかった。

「でも、痕が残る」

いつもの笑顔を忘れてしまったのか、悠は表情という表情を削《そ》ぎ落として、不機嫌そうに零《こぼ》した。大衆が抱くイメージとは違うが、今みたいな顔も、切り離すことのできない彼の一部だった。

子どもの頃の悠も、笑うと仔犬みたいな悠も、ぜんぶ同じ悠だ。勝手に切り離して、壁を作っていたことが恥ずかしい。

「傷痕なんて見せる相手もいないし、気にしなくて良いよ。それで何か言う人とは、どっちみち上手《うま》くいかないと思うの」

「見せる相手ができたら、俺、そいつを殺しちゃうかもしれない」

「悠？　どうしたの、さっきから」

「どうしたも、何もない。深月が安静にしていないから悪い」

「わたし、もう殺されたりしないよ？　ちゃんと春も来たんだから」

巻き戻っていた時間は終わって、春が来たのだ。カレンダーの日付も、もう四月の半ば、花の盛りとなっている。

「この桜も、綺麗に咲いたでしょう？」

両手を広げると、風に散りゆく花が落ちてくる。夢のように美しい光景だ。

「綺麗だけど、複雑。……きっと、この桜が巻き戻る三月の原因だったと思うんだ」

苦々しげに、悠は桜を見上げた。

「どうして、そう思うの？」

「恋を叶える桜だから。やっぱり《お姫さん》にある桜じゃなくて、こっちが昔話の桜なんだと思う。場所が場所だから、伝説が町中《まちなか》に移っただけで」

巻き戻っていた時間は、本来であれば有り得ない、不可思議な出来事だった。その原因を、深月も悠も追究しなかったが、悠の言うとおりだったのかもしれない。

この桜だけが、ふたりの願いを聞き届けていた。

「深月が死んだとき、俺は願った。――君のいない春なんていらない、と」

「悠が死んだとき、わたしもお願いしたの。悠がいない春なんて、永遠に来なければ良いのにって」

だから、ふたりは終わらない三月に閉じ込められた。お互いの生を願うならば、喪《うしな》われた命が生きている時間まで巻き戻る必要があった。

「俺たちは、ふたり生きて春を迎える必要があった。片方だけでは、ダメだった。だって、それじゃあ一人分の願いしか叶わない」

三月一日、悠が帰郷した朝に巻き戻ることも、桜が理由ならば納得できる。深月たちが願ったのは、この町に根づく桜だから、この町の時間しか巻き戻せないのだ。

悠が東京にいた時間にまでは、手を出すことができなかった。

ふとした瞬間、互いに顔を見合わせる。悠の薄い唇は、何か言いたげにしているが、決定的なことは口にしない。

「ねえ、自惚《うぬぼ》れても良い？」

上目づかいで問いかけると、悠は困ったように眉《まゆ》を下げた。

「良いんじゃない？　この桜に願えば、必ず恋が叶うんだって。この桜は、君の恋だって叶えてくれる」

「なら、ちゃんと言って」

どんなときも、深月は彼のことを肯定すると決めていた。それが、ずっと見ている、という約束の本質だった。

ずっと見ている。ずっとあなたのことを人間として肯定する。自分のことをお人形のようだ、と嘆《なげ》いた男の子に、深月がしてあげられることだった。

悠が、なりたい自分に、苦しくない自分になれるように。

しかし、今回ばかりは甘やかしたくない。

「巻き戻った時間が、俺の気持ちの証拠にはならない？」

「ならないよ。だって、わたしは何も言われていないもの」

悠は唸《うな》り声をあげて、迷ったように首を動かして、それから観念したように唇を開く。

「好き」

たった二文字の言葉だった。

だが、小さい頃から、ずっとその言葉を望んでいた。大好きな男の子が、同じだけの想いを向けてくれますように、と祈り続けていた。

目頭《めがしら》が熱くなって、深月はそっと指で涙をぬぐう。

「……ごめんなさい」

「ごめんなさい⁉」

珍しく、悠は声を荒らげた。

「うん」

「うん、じゃなくて！　こんな好きなのに？　なんで？　嘘だろ。この桜、いい加減すぎる。恋を叶えてくれるんじゃなかったわけ」

数年前、上京する悠を見送ったとき、深月も同じことを思った。恋を叶える桜のくせに、ちっとも深月の願いを叶えてくれない、と。

「わたし、ちゃんと呪いを解きたくて」

「呪い？」

悠のことが好きだった。そんな昔の想いと決別しなければ、前に進むことができない。

「巻き戻っていた三月は終わった。春が来たの。だから、わたしの呪いみたいな初恋は、あれで終わり。春が来て、咲いた桜は散っていくでしょう？　わたしの恋も同じ」

見る見るうちに、悠は青ざめていった。振り回されるのは、いつだって深月だったのに、今だけは逆になっている。

そのことが面映《おもは》ゆくて、深月はくすりと笑った。

「だから、もう一度、始めてくれる？　約束して。ずっと、わたしのこと見ていてほしいの。わたしも、悠のこと、ずっと見ているから」

琥珀《こはく》色の目が、春の光を孕《はら》んで輝いた。その美しい瞳に、いつまでも深月を映してほしかった。

見つめるだけでなく、同じだけの熱量で、見つめ返してほしかったのだ。

「あのね。わたしの方が、ずっと。ずっと悠のことが好きだったの」

悲しくもないのに、涙が溢《あふ》れてしまいそうだった。

少女だった深月の恋は、呪いのような初恋は終わった。無残にも散ったそれをかき集めて、押しつけた幼い日の恋は、もう報われなくても良い。

深月は、昔の恋ではなく、未来に繋《つな》がる新しい恋をする。

今度こそ、幸せな恋を。

「知っている。ずっと、俺のこと好きでいてくれたこと。ずっと、ばかみたいな約束を一《いち》途《ず》に守ってくれたこと。……ねえ、俺で良い？　こんな最低な、ろくでなしで」

「それは、わたしも思うけれど」

「深月」

「でも、悠が良いの」

瞬間、深月は覆いかぶさるように抱きしめられる。

「結婚しよ」

深月の肩口に額をあてながら、彼は突拍子もないことを言う。

「付き合ってもいないんだけど」

「付き合う必要ある？　両想いなんだから、結婚しても問題ないよ」

「そういうもの？」

「そういうものです。――ちゃんと、形に残るように約束したいんだ。最期まで、深月のこと見ている。最期まで、ずっと一緒にいる。幸せになるんだって」

返事の代わりに、深月は悠の手に触れた。

少しだけ短くなった左の小指を、彼のそれに絡めた。まるで小さい頃、指切りをしたときのように。

薄紅《うすべに》の花が、ひらひら舞い降りて、春めく季節を告げる。

ここから、もう一度ふたりの恋は始まるだろう。

今度はきっと、幾度春を迎えても、散ることのない恋になりますように。

※この作品はフィクションです。実在の人物・団体・事件などにはいっさい関係ありません。

集英社オレンジ文庫をお買い上げいただき、ありがとうございます。
ご意見・ご感想をお待ちしております。

● あて先
〒101-8050　東京都千代田区一ツ橋2-5-10
集英社オレンジ文庫編集部 気付
東堂　燦先生

それは春に散りゆく恋だった

集英社
オレンジ文庫

2022年3月23日　第1刷発行

著　者　東堂　燦
発行者　北畠輝幸
発行所　株式会社集英社
〒101-8050東京都千代田区一ツ橋2-5-10
電話【編集部】03-3230-6352
【読者係】03-3230-6080
【販売部】03-3230-6393（書店専用）
印刷所　図書印刷株式会社

ISBN 978-4-08-680440-0 C0193